在他乡

沧桑的桥

经典文库编委会◎编

河海大学出版社
HOHAI UNIVERSITY PRESS

在他乡

沧桑的桥

经典文库编委会◎编

河海大学出版社
HOHAI UNIVERSITY PRESS
·南京·

图书在版编目（CIP）数据

在他乡．沧桑的桥 / 经典文库编委会编．-- 南京：河海大学出版社，2019.7

（二十一世纪中国作家经典文库）

ISBN 978-7-5630-5944-7

Ⅰ．①在… Ⅱ．①经… Ⅲ．①散文集－中国－当代 Ⅳ．①I267

中国版本图书馆 CIP 数据核字（2019）第 085936 号

丛 书 名 / 二十一世纪中国作家经典文库
书　　名 / 在他乡——沧桑的桥
书　　号 / ISBN 978-7-5630-5944-7
责任编辑 / 毛积孝
特约编辑 / 李　路　韩玉龙
特约校对 / 李国群
封面设计 / 仙　境
版式设计 / 刘昌凤
出版发行 / 河海大学出版社
地　　址 / 南京市西康路 1 号（邮编：210098）
电　　话 /（025）83722833（营销部）
　　　　 /（025）83737852（综合部）
经　　销 / 全国新华书店
印　　刷 / 三河市双峰印刷装订有限公司
开　　本 / 880 毫米 ×1230 毫米　1/32
印　　张 / 7
字　　数 / 114 千字
版　　次 / 2019 年 7 月第 1 版
印　　次 / 2019 年 7 月第 1 次印刷
定　　价 / 59.80 元

目录

Contents

高高的白杨林

邱玉超

有几年没看到白杨树了，盛夏的白杨树一定生长得很茂密吧。白杨树是属于北方的树，故乡的树。生长在城里的树都是比较名贵的观赏树，比如银杏、广玉兰、楠木、香樟、悬铃木、苦槠、榉树、泡桐等等。在城市与乡村之间，不单人有差别，树也有差别。白杨有着非常强的生存能力，大路两旁，河畔荒滩，田畴沟渠，有黄土的地方，就有白杨的生长。北方的白杨和北方的农人一样质朴、正直、向上。这是茅盾在《白杨礼赞》中说的。

春天，当土壤里还透着冰碴的时候，当春风中还夹着寒意的时候，白杨树的枝头已经开始冒出翠绿的嫩芽，掐一片嫩芽，掰开，皮绿色，心黄色，放进嘴里，有些苦，汁液粘在手心是不好洗掉的。秋天的白杨林是孩子们的天然游乐场。秋风一夜间把叶子脱尽，铺在了草地上，于是，孩子们把书包挂在枝条上，开始拾树叶，勒“皮狗”。如果乏了累了，可以躺在落叶里，仰望天空，把白云想象成变幻的图画。

一个少年情不自禁地大声背诵：

它没有婆娑的姿态，没有屈曲盘旋的虬枝，也许你要说它不美丽，如果美是专指“婆娑”或“横斜逸出”之类而言，那么白杨树算不得树中的好女子；但是它却是伟岸、正直、朴质、严肃，也不缺乏温和，更不用提它的坚强不屈与挺拔，它是树中的伟丈夫！

另一个孩子不服输地接着高声背诵：

我赞美白杨树，就因为它不但象征了北方的农民，尤其象征了今天我们民族解放斗争中所不可缺的朴质、坚强，以及力求上进的精神。

在七十年前那个血雨腥风的岁月，“白杨精神”在凝聚中华民族精神，鼓舞全民抗战斗志方面，起到了独特的潜移默化的影响。今天，我们终于可以欣慰地卸去我们曾经赋予它的略显沉重的责任，在和平、温暖的蓝天下，以崭新的视角欣赏白杨树自然的，朴素的，那种极具生命力的美。

白杨树是自然之子，草根一族。除了在中国三北防护林带像战士一样守护生命外，在尼罗河河谷，在欧洲的村庄与原野，同样有白杨在天地间高高耸立。

1880年，印象派大师保罗·塞尚在法国寂静的小村庄创作了著名的《白杨树》。画面是由大面积的深绿色块构成的高低参差的白杨树，一角天空高远明亮，林间曲折蛇行的小路充满想象与诱惑，阳光潜伏在空地、石台与树的边缘，深沉而眩目，空气在流动，在跳跃。整幅画色彩明丽，韵律和谐，张扬着大自然蓬勃的生命力。十年后，另一位印象派代表人物莫奈创作了《埃普特河岸的白杨》《白杨树》《沿着河的白杨树》等一系列白杨树题材的作品，描绘塞纳河支流的埃普特河沿岸的白杨树，记录了从大自然中得到的稍纵即逝的瞬间印象，表现了不同季节、不同时间阳光下物体所呈现的色彩。让人一见如故、刻骨铭心的是《远眺白杨》：辽阔的天空五彩祥云舒展自由，并且可以从云的流动中感受到气流的游动。辽远的地平线上站立着聚散有致的墨绿的白杨，让人想念故乡。地平线天才地用橘红色的成片的令人惊艳的花构成，热烈、绚烂，对人眼睛的冲击力，对人心的撞击力是无法形容的。近景的麦田抑或原上草，舒缓的浅黄，弯曲的阡陌，美得令人忧伤。

在故乡的高岗上，有白杨在召唤远行之人，沿着白杨林路，游子就可以找到家。

墙之斑驳

邸玉超

墙好像是北方的专利，南方较北方开放，院子多是开放式的。读《中国现代散文选 1918—1949》第六卷，其中有宋之的的《墙》，写三四十年代晋南的贫穷、落后和愚昧："多少年来，他们自己为自己筑了一道墙，把自己圈在里面，牢不可破。这道墙是传统的封建势力之总机。"宋之的又说："旧的墙毁了，新的墙却正建筑着。"

由此想到乡间老家的墙。老家西沙浒

各家各户的院墙都是石头砌的，有的用条石砌，有的用毛石插，有的用杂石垒，总之都是石头。走在二十年依旧的乡街，墙突然变矮了。墙们也会老吗？

原来称得上老墙的，也就那么几堵：老四太家大门墙，邸永堂家西院墙，王洪柱家后院墙……孩童时代，我们最喜欢的游戏就是爬墙头，玩“打仗”。一人一杆枪，或是用秫秸编的，或是用木头削的，模仿电影《地道战》《小兵张嘎》里的情节，从这堵墙爬到那堵墙，抓“特务”擒“汉奸”。这时候一般是秋天的黄昏，大人们都在地里忙着秋收，大大小小的孩子就和鸡鸭猪狗一样无人着眼，家里的灶是凉的，门是掩的，就都出去疯，一直到天黑灯亮，大人们站在当院扯嗓喊，才不情愿地回家。

有那么一天，盛小六突然从墙缝里掏出了一枚子弹，子弹生了绿锈，有大拇指长。盛小六如获至宝，用细砂纸把子弹擦得金黄铨亮，在大家面前显摆。大家就猜，有说是手枪的，有说是长枪的，有说是机关枪的，争得面红耳赤。最后决定找大伯邸永志鉴定。据说邸永志新中国成立前当过几个月的士兵，对枪很有研究，人送外号“大盖”，就是三八大盖枪的意思。邸永志给大家上了一堂军训课，并把子弹药掏出来，让大家玩子弹壳，以免伤了谁。自从盛小六从墙缝得了子弹，孩子们便都希望自己也能从墙缝找出点什么，有几个人还真有些收获。小五子找到了一枚铜钱，二小儿抠出一只烟嘴，小盛子掏着一只哨。哨子是一只玉雕的猴，晶莹剔透，活灵活现，一吹吱吱响。掏墙缝活动后来被大人发现了，回家都挨了揍。

老家石墙的材料取之宝镜山，山在村南五里，有土路。此山石石质细腻坚硬，纹理秀美，颜色呈浅青。富裕家围院子，花钱买采石场的条石，沙子灰粘着，外勾水泥缝，显得庄重富贵，沉稳大方。一般人家托人弄炸药自己采石，取大小匀称、棱角分明的捡回家，插石筑墙。这两种人家砌墙都找瓦匠和小工，大张旗鼓，七碟八碗地大吃大喝，办喜事一般热闹。自己打的石不加雕琢修饰，称毛石。利用天然形状互相安插对接，形成洒脱自然、灵活多变的图案。日子过得紧巴的人家，就取采石场的下脚料，不用花一分钱，就当给采石场清场，拉回来堆在一处，赶早趟黑，和一坑泥，把一堆方方圆圆不成器的东西垒起来，不求美观，只要实用。这种墙一般垒到齐肩高，墙顶戴黄泥帽，半干时插枣刺，防鸡防狗也防人。

墙是一种故步自封的手段，也是一种外在的隔阂。深宅大院往往给人以紧迫感和不安全感，秃墙土屋平添一种放松和自由。

远去的人力车

邸玉超

老舍的代表作《骆驼祥子》多年前就曾读过，此次阅读是重温。小说以20世纪20年代的北平为背景，通过刻画充满生命活力的人力车夫祥子的形象，展示了底层劳动人民的坎坷命运，揭露了那个社会的腐朽与黑暗。

《骆驼祥子》是20世纪20年代北京“的哥”——人力车夫们真实生活的记录。祥子来自乡间，日益凋敝衰败的农村使他无法生存下去，只好来到北平打工——拉洋车。这个草根族的一员，梦想通过自己的勤劳改变自己的命运，通过买属于自己的洋车，做一个自食其力的劳动者，实现自己的理想。买车成了“他的志愿、希望，甚至是宗教”。祥子拉着洋车奔波于大街小巷，经过几年艰辛的奋斗，终于买上了自己的洋车，但不久竟被军阀抢去。祥子仍然不肯放弃拥有自己的一辆车的梦想，尽管他对自己的追求也曾怀疑，也曾动摇，但仍然振作起来，以坚韧的性格和执拗的态度与命运进行不屈不挠的抗争。最终的结局，是以祥子的失败而告终的，他最终未能实现拥有自己的一辆车的梦。小说不仅描写了严酷生活环境对祥子的物质剥夺，而且还刻画了祥子在生活理想毁灭后的精神堕落，揭示了丑恶社会对人性的摧残。

有一个时期，我生活的城市大街小巷到处是“的士”，也到处是人力车——大家俗称的“神牛”。人力车是小城市的专利，也是小城的独特风景。说起“神牛”，自然让我们想起了老舍的《骆驼祥子》。所不同的是祥子拉的车是纯粹的人力车，用两只脚板在地上跑，而“神牛”是由自行车改装的，有了初步的机械动力。有的城镇将“神牛”叫“板的”，你看，多好听的名字，多么富有时代感——一下子把“神牛”的地位提高了一大截，沾了洋气，与“的士”比肩了。这让我想起凌源的小驴车，前几年去凌源城时，大家都叫它“驴吉普”。从“吉普”到“的”，你说这词里蕴涵着多少社会发展的内容？

我第一次坐人力车——“神牛”，好像是七八年前的事。那次回乡过春节，在古城襄平，还没上学的小女儿非要坐“神牛”，拗不过，只好奉陪。当时的感受至今记忆犹新：如芒在背。受《骆驼祥子》的影响和特殊时代的思想教育，觉得坐人力车是剥削劳动人民，是可耻的。挺大个人，坐在车上，让人去拉，真是身体舒服精神遭罪，好像四面的人都在看我们，鼻孔里还在“哼”着什么。记得下车时车子还没停稳，我就慌忙跳了下来，还险些摔了跟头——心情紧张，脚冻得发麻。好在我适应能力比较强，随着时间的推移，我生活的龙城大街“神牛”遍野的时节，再坐其上就全然没了头一次的感觉，而且还有点欣欣然、飘飘然的味道，倒不是坐“神牛”跟坐凯迪拉克、宝马似的那么自豪神气，而是心理的阴暗处总会闪出那么点高高在上的虚荣与自大。前几日由电信大楼下车，倒车到单位上班，又坐了一次“神牛”。那天是立冬，天冷，又刮些风。“神牛”车主缩脖操袖立在车前，我说了去处，几位车主还了比往常多了半倍的价，我掉头就走，这时背后追来一声：等一等，我送你去。一位四十几岁的汉子将车推了过来。到了终点，我将比平时多一倍的车费递上去，汉子的眼神是愣的，手僵在半空。我告诉他，这是你应得的。做事情就应该像你这样，在不违背公平的条件下，肯搭辛苦。其实，我的行为一半是鼓励他，另一半是我很感动。把这一件小事写出来，不是像鲁迅写《一件小事》那样显示深刻，而是我觉得生活中确实有许多事情会让人心动的。

从忐忑不安到坦然自若，坐“神牛”的心理变化，真还揭示出了观念的变化——不论这种变化好与坏、进步与落后。当然，我还是希望“神牛”有一天从城市中消失，不论是从交通管理的角度，经济发展的角度，还是文明的角度，就像最后一辆黄包车从上海滩消失那样——时间会解决一切问题。

补记：新世纪第五年，“神牛”这种人力车就在我生活的城市消失了，让位给了时常拥堵的的士和私家车。

沧桑的桥

邱玉超

古桥是文化的竹简，是横卧的墓碑，是沟通时间与空间的形而下，是交流历史与未来的形而上。

“赵州桥儿什么人修，玉石栏杆什么人留，什么人骑驴桥上走，什么人推车压了一溜沟……”四十年前，祖母时常哼着这首歌哄我睡觉。“赵州桥儿鲁班爷修，玉石栏杆圣人留，张果老骑驴桥上走，柴王爷推车压了一溜沟。”上学了，在课本中学习了《赵州桥》，知道民歌《小放牛》取材民间传说，赵州桥的真正设计者和参与建造者是隋朝的工匠李春。

中国石拱桥的历史非常悠久。《水经注》里提到的“旅人桥”大约建成于公元282年，可能是有记载的最早的石拱桥了。我国的石拱桥几乎到处都有。这些桥大小不一，形式多样，有许多是惊人的杰作。其中最著名的当推河北省赵县的赵州桥，还有北京丰台区的卢沟桥。

其实，在我生活的龙城朝阳，也有一座很古老的桥——金代天盛号石拱桥。天盛号金代石拱桥被誉为“关外第一桥”。这座桥位于凌源三家子乡天盛号村，横跨古河床，为五柱头四栏板单孔石拱桥。桥身长五米，宽四点七米，高三点四米，桥孔跨度两点九米。桥有上下拱，上拱呈半圆形，下拱呈半椭圆形。桥身两侧砌出八字拦水翼墙。桥面以九十多块折扇形石条砌成，白灰灌缝。束腰用铁链固定。桥拱两面有圆脸石，每段上面有直径二十八厘米的浮雕大莲花一朵，花朵八瓣五蕊，外用三十颗圆莲花圈在中间，上下各用五厘米粗的弦纹衬托。桥拱中部嵌有修桥志石一方，楷书刻有“维大定十年，岁次庚寅五月，辛亥为朔己卯日，龙山县西五十里狗河川孙家庄刘百通亲笔记，非百通独立而成，赖二刘同心而建，二刘者刘五、刘海”字迹。此桥特点是采用了上下拱的砌筑方法，以加强桥梁稳固性，使上下拱成为一体，河水从孔道流出。设计独具一格，美观大方。

据考证，大定十年是金世宗完颜雍的年号，为公元1170年。狗河即渗津河，辽金时代称狗河，元以后至今称为渗津河。因此桥建在天盛号村东，故定名为天盛号金代石拱桥。天盛号金代石拱桥是迄今为止发现的关外最古老的石拱桥，它的发现，对研究我国桥梁史、朝阳地貌变迁和塞外交通等情况都具有重要价值。此桥已于1984年收入《中国名胜大辞典》，为辽宁省重点文物保护单位。

在襄平老家，也有好多座规模不算太大、历史也不很久远的石拱桥，那些桥上留下了我的无数足迹和手迹。那些桥只是几块青石板相搭而成，石板上有暗绿的苔藓，石缝斜伸一枝细柳。我不知道这些桥是谁凿石而搭，铺于何年何月。桥下水流越来越细，直到干涸。人们因为要走路才搭桥，水消失，也就忘了桥。我们因为喜欢水而喜欢桥，又因为喜欢桥而渴望水。桥处于险恶之上，置于阴霾之中。没有水，心灵就会成为风化石，每一次些微的颤动，都会剥落一层悲哀。

在桥与水之间，总会生长一种永恒的绿色植物。

我走过了许多桥，我是伴着各种桥长大的。因此，当我醉倒桥畔，便成为另一种桥，把桥与水，把许许多多相关的事物连在了一起。多一座桥，就多一条路，多一条路，就少一份悲哀。如果我站着会成为墙，我会坦然醉倒，成为桥。一个人不能趟过所有的河，一个人也不能踏过所有的桥，缺憾与完美之间，总会呈现一种如幻的物态，让人产生逾越的意念，在桥畔。

没有桥是水的悲哀，没有水是桥的悲哀，没有桥没有水是人的悲哀。在宇宙的万般明灭之中，总有超长的方圆，孵化出种种规律，或者是一种命运，一种必然。在桥畔，在河畔，在成为桥与岸的同时，成了一种说不清道不明的风景。你在问了许多为什么之后，终于没有懂得为什么是为什么。

在桥畔永远不会失去信念，作为一种存在，已经呈现出价值，因而悲哀不属于我们。于是，醉倒桥畔，在天与地之间，倒成等号。

近来，读了《徽州古桥》。这是一本图文并茂的“图书”，充分体现了“读图时代”的特点。著作者拍摄的徽州古桥图片非常精美，很有艺术水准。文字老到，行文不急不躁。徽州历史在这些斑驳的古桥上延续着，徽州文化在这些古老的石桥上凝聚着。那一次，我买下了《中国文化遗珍·徽州卷》丛书的全部:《徽州古牌坊》《徽州古村落》《徽州古祠堂》《徽州古桥》《徽州古书院》《徽州古戏台》，花了一百六十元人民币，买书时感觉很贵，读后感觉很值。

但愿有一天能去徽州的古桥上走走。历史不仅仅需要读，也需要触摸。

与塬相拥

张静

我是早产儿，长到四五岁了，还一直体弱多病。多数时候，伙伴们出门玩耍都不愿意带上我，他们主要嫌我胆子小，动作慢，嗓门更小，玩起来没劲头，而且由于过于瘦小，身子骨轻，一碰就摔倒，还要哭鼻子，算是比较的烦人。

有一回，邻居二毛和狗剩哥他们准备去沟里打猪草。我当然知道，打猪草只是掩饰，主要是下沟里的小河里玩耍。河里有贝壳、小鱼，还有青蛙，可以烧着吃。晌午饭后，二毛来喊堂姐，两个人表情神神秘秘，嘴里嘀嘀咕咕，还眉来眼去，打着手势。

我知道，他们是怕我撵过去，想悄悄溜走。可我还是看见了，跟了几步，二毛伸开手臂挡住我，压低嗓门吓唬我说，河边的长虫和癞蛤蟆，多得很，一不留神就爬你脚上，还去不?

我打小就怕这两样东西，二毛这样一说，我赶紧将腿缩了回来，使劲白了二毛几眼，鼻子里“哼”了几下，不去就不去，有什么了不起的。

堂姐和二毛一溜风似的走了，我一个人在院子里踢着石子，闷闷不乐。

我爷把这一切都看在眼里。他悄悄走过来，摸摸我的头说，等下次下雨了，爷给你捏个泥埙，准保他们一个个都眼红，不找你玩才怪呢!

一场雨后，空气里夹杂着泥土的腥味，我爷从地里回来，蹲在后院里，果真给我捏出了几只，形如小鸡、小狗、小鸭、小猫的模样。搁在嘴边，能发出断续的声音，说不上悠扬婉转，却也响亮悦耳。其实，那会儿，懵懂的我似乎更在意其乖巧可爱、玲珑精致的形状，活脱脱的，很是诱人。

过了几日，我用两颗水果糖换来了二毛和秀秀来我家院子玩耍。厢房里，奶奶带着老花镜坐在织布机上忙活着，一只木梭子在她手中来回传递，两只脚不停踩着脚踏，待夕阳西下时，奶奶胸前铺就开来一片五颜六色的格子布，似墨染的画布。我们玩累了，坐在院子的房檐台上休息时，隔着敞开的门，可以看见奶奶亲手织染的花丝线一绺一绺顺着织布机错落有致地排列着，她的身子随着梭子前后左右很缓慢很有节奏地倾着，脸上漾出平和安宁的笑容。当我的视线落在机架上那些颜色好看的花线上时，突发奇想，一再央求奶奶也给这几只所谓的埙换上新颜。奶奶拗不过我，只好解下身上的织布绳，找出剩下的染料瓶子，耐着性子，给涂上红嘴、蓝眼、绿冠，身体其他部位再配上别的色彩，漂亮至极。

我自然非常欢喜，只要出来玩，就把这几只泥埙挂在脖子上，满村子挑人多的地方转悠，还乘人不注意憋着气使劲吹几下，很快，从公鸡的大嘴巴处就慢慢悠悠地渗出来虽然不搭调却很响脆的声音，引得同伴远远近近一窝蜂而来，围着我，眼巴巴地瞅着我手里的精致玩意儿。我在他们极其羡慕和眼馋的神色中，获得了一种从未有过的优越感和自豪感。

时隔十几年，我见到了真正的埙。那是 1991 年的冬天，临近毕业，我在西安自行车厂搞折弯机设计，每日黄昏，会从玉祥门绕到汉城路坐59路车回咸阳。连续几日酷热难耐，我们设计组几个人相伴，一起绕着城墙根的阴凉处走。远远的，一阵浑厚苍凉的声音夹杂着丝丝热风传来，声音钝钝的、低低的，仿若要穿透人的五脏六腑一般。不由得驻足停下，循声望去：不远处一亭子的石凳上，一位垂暮老者，两手托起一个类似于大肚弥勒佛一般的泥瓦罐，他阖上眼睛，神情专注地吹着一首我不曾听闻的曲子。后来，我知道了那首曲子叫《追梦》，而他手里的东西，名字叫作“埙”。

那才是真正的埙，一只深褐色的、光滑饱满的陶质埙。惊喜之下，三步并作两步，凑到跟前，细细端详，原是一只七眼埙，一个个圆溜溜的小洞眼，似一只只洞穿千年风尘的眼睛，那里面，似乎饱含岁月的沧桑与时光的沉淀。让我惊叹的是，年过花甲的老伯，脊背靠着城墙，旁若无人地吹着，好像周围喧嚣的人群与他无关。而我在那一阵幽幽怨怨的呜咽声中，仿若看到了这片绵延八百里的黄土地上，那一件件散落在尘烟里的陈年旧事，正被一只埙、一位老人，以无限深情的姿态，演绎得风生水起。与此同时，一种孤独与清寂，厚重和苍凉，瞬间摄住了我的心。我第一次感觉到了，什么叫作震撼！

再后来，参加工作了，单位有一位同事，教物理的，为人谦逊而和善，除了课讲得顶呱呱外，还有一手绝活呢，尤其是泥塑功底相当不错。每每下雨天，他都要搞回来一堆泥巴，找一不起眼的角落，摊开阵势不厌其倦地侍弄着，一阵忙活后，一个大肚弥勒佛就笑得眼睛眯成一条缝，形象极了。更有趣的是，“十大元帅”的头像也被他一双巧手给塑了出来，活灵活现，人见人夸。一日，竟然自己揣摩着赶出了一件埙，他自豪地对人说，自己泥塑的埙，并不比名噪一时的秦源黑陶埙差。

那日，去同事办公室闲转，他正在侍弄那只埙，我这才有了零距离和它接触的机会。很细腻，很光滑，捧在手中，很薄，很轻，但又觉得很重很重，似乎是捧了秦人几千年沉甸甸的岁月。同事告诉我：“做这只埙很费事的，需要将特质的土陶坯定型压光后，放进炉子，炉子须是密闭的，最关键的是火候一定要掌控好，太旺太弱都不好，还需添加一些干柴火熏烤，柴火滋生出的浓烟对烧制埙来说很重要，因为浓烟中的碳粒子随着柴火的燃烧便渗入陶坯中，本色的土陶会很快便被上了一身油亮的黑肤，那属于埙独一无二的声音才能出来。”

我记得他说这话的时候，满脸的宁静。末了，似乎言犹未尽：看你也是喜欢音乐之人，其实，很多时候，这埙，适合独语细吟，若和着余音袅袅的古琴，对着空谷僻径、半墙花影，让埙声幽幽铺开，都是故事呢。只是，令我十分惋惜的是，那年冬天，同事在外地工作的儿子回小城了，他下楼去对面的市场买儿子最爱吃的南瓜饼和豆腐脑。返回时，就在我们学校门口的马路上，被一辆横冲直撞的摩托车撞飞二三十米，虽然经过一周的抢救，终究未能醒过来。我再也见不到他的身影，看不到他的诙谐和幽默，听不到他絮絮叨叨关于埙的情愫和热衷。我只有在心里默默祈祷，天堂里一定也有一只埙，为他，低低作响。

我确信这只是初冬，有连绵清冷的雨漫天飘飞着，给人无边的寂寥和空旷。晚饭后，一本书读倦了，将身子逶迤在椅子上，冲一杯好久未染指的大红袍，点开耳麦，音乐收藏夹里，一曲曲熟悉的埙乐，在夜的帷幕下，在无边的月色里，静静弥散开来。我无法抗拒，这幽幽的呜咽声，隔着青白的屏幕一声一声传过来，那种令人难以抵挡的穿透力，像要连同那一只埙一起撑破似的。我还是不懂音律，更谈不上吹几口，却依旧全身心地投入其中，一次次深深陶醉着。这种状态很多年了，我甚至觉得，假如有一天，我老了，耳背了，再也听不到它们，会有怎样的失落和怅惘？比如此时，我就泡在雨夜里，泡在埙声里，大地是安详的，我是沉默的，沉默到一遍遍不厌其烦地听着《凤竹》《知音》《睡莲》……这些不知听了多少遍的埙曲，带着细碎的深情，一点一点浸入到我的心窝深处，那一些在心底里洞藏太久的故事，硬生生地被唤醒。

许是过了浪漫婉约的年纪吧，愈来愈懂了那独特的、略带沙哑的声音里，似乎在诉说着一段段久已湮灭的历史陈迹：大漠孤烟、夕阳西下、树风酒旗、思乡游子、痴心情人、伤别友人……这些在埙声里早已留下烙印的人间百味、前世今生，都是文人墨客心中永远难以卸掉的情愫。

你听！

乐游原上清秋节，咸阳古道音尘绝。

音尘绝，西风残照，汉家陵阙。

李白如是说。

身向云山那畔行，北风吹断马嘶声。

纳兰性德如是说。

……

嗯，一定还有很多与埙有关的诗句，让我一边沉溺在埙的呜咽里，一边搜肠刮肚去寻找。你听，那苍凉的、悠远的、缠绵的、幽怨的埙声过后，我仿佛看见，有人站在窗前，借埙还魂，好像只有在这埙声里，才有了水边繁茂的蒿草，有了空山无边的清寂，有了窗下伊人的思念，甚至有了人在埙声中渐渐老去的传说。难怪贾平凹老师在《废都》里写道："我喜欢埙，它是泥捏的东西，发出的是土声，是地气，上帝用泥捏人的时候也捏了这个埙，所以，人生七窍有了灵魂，埙生七孔有了神韵。"细细思量，真是精辟，不愧为大家，把埙与人之间藏在灵魂深处的一场私密对话勾勒得栩栩如生，淋漓尽致。

一种姿势听久了，会有腰酸背痛的感觉，换了姿势，继续听，一直听到枯藤、老树、昏鸦、断墙，一幕幕在我眼前交相辉映。那一瞬，我的泪水与埙声一起流泻开来，我不停地问自己：只是一只埙而已，何以将虚无缥缈的玄音，寄托在最为朴素的泥土之中，灼土成埙？而待回过神时，风儿停了，鸟儿歇了，忙了一天的人们早已进入沉睡中，除了埙声和雨声，尘世间一片万籁俱寂。我不觉叹道：谁让我们终是俗人，总想在无字的曲中，寻找一条弯弯的小路，进出自由。就像此时，我在夜的帷幔下静坐，忽而蠢蠢欲动，想拥有一只埙，随意乱吹，即使五音不全，难成曲调，姑且听一听，它发出的声音；嗅一嗅，那一缕远古的味道，也算无憾吧！

最后的清歌

张静

一

老庄子很快就要变成一片田地了。只是，那眼机井还在。和机井一起存在的，是崖背下一口口被废弃的老窑洞和一堵堵光秃秃的老土墙。

说起老庄子的搬迁，是爷居住的老屋邻居八爷和八婆两条人命以及炳娃叔的两条腿换来的。那一年，立秋刚过，一场接一场的雨落得庄稼和人几乎发了霉，一个大雨滂沱的夜里，八爷家的窑洞坍塌了，八爷老两口和他们的小儿子炳娃叔被埋在了里面。整整两天两夜，全村人手忙脚乱地把他们从土里刨了出来。我清晰地记得，八爷和八婆是被人用粗布单子裹着抬出来的，人早已咽气。炳娃叔虽然存活下来，但两条腿被压断，只能坐轮椅了。听大人们说，等日子好些了，可以给炳娃叔安假肢，行动能好一些。

炳娃叔三十出头，他是半夜里听到八婆和八爷的呻吟声，披上衣服冲进去的，结果二老没有救出来，自己也落下终身残疾。家里没有了壮劳力，年纪轻轻的炳娃婶子脸上布满愁苦和忧伤。在乡下，家家都有一本难念的经，她的命，她得认。

不过，因了八爷和八婆的死，很快，整个村子搬迁的事情提到日程上来。那几日，每天晚饭后，村里马房前面的空地上围了很多人，都在议论新庄子应该落在何处，咋样搬迁才能都合大伙的心意。

商议的结果是新庄子得分两块。原因是塬上的平坦地、塬下的坡地、沟洼地都得有人种，这是多年村子的格局造成的。以老庄子为界线，上一个架坡，紧挨一队和二队的那些平坦地，也有我们三队一部分庄稼地。下一个坡，沟沟坎坎，坡坡岭岭，只属于我们队的，自然由我们耕种，这样一来，为避免上下奔波，新庄子肯定得分两块。也就是说，老庄子里的人很快要被分割开来。分割出来的新庄子有两块，一块在塬上，一马平川，且和一队、二队为邻，很热闹。另一块在塬下，要种一垄又一垄的梯田，自然要费力，在找不到更好的办法决定谁家上塬谁家下塬时，只有抽签了。

爷代表老张家抽签，他很幸运，抽到了塬上。老张家皆大欢喜，那种欢喜是难以言说的，连同我们几个孩子个个都满脸喜滋滋的，像中了头彩似的。

乔迁新居那天，正是我拼了全身气力跨过独木桥的日子，两重惊喜。亲戚们提着成串的鞭炮，拿着鲜艳的绸缎被面来祝贺。母亲在厨房里忙得不可开交，父亲提着几瓶西凤老白干、一条金丝猴烟，乐滋滋地从商店回来。紧接着，噼里啪啦的鞭炮声响起来，惹得前院后院的鸡、狗、猪也一个个喊叫起来，好生热闹!

我一边帮着父母招呼亲戚，一边瞅着崭新亮堂的新屋子，有几分恍惚又有几分陌生。在这之前，我不止一次眼巴巴地盼着，有朝一日，能住进大房子，有着白净的墙面、敞亮的窗户，还有属于我和妹妹两个人的私密空间和热炕头，那将是多么幸福的事情！

大抵是爹娘前前后后辛苦奔波盖房的时候，我正在黑色的七月里挣扎着，故而，我对爹娘四只手拼命刨出来的这座新院落，就像自己消瘦的身躯突然裹了一件宽大簇新的衣裳，虽然也有惊喜，但更多的是恍惚。甚至，当我一个人独对那鲜红坚硬的一砖一瓦、一檩一椽时，总感觉少了住土墙泥瓦房带给我的视觉和心理上的习惯与温和。

不习惯的还有爷。虽然他对自己能抽到上塬的签很高兴，但真正要离开住了大半辈子的老庄子，心里还是有诸多不舍，毕竟这老庄子里镂刻了他老人家太多的记忆。那段日子，距秋收还有十来天，爷吃完饭没事干，脖子上别着一个旱烟袋子，到处乱窜。有时候，他会转到地里，看看有没有野兔子糟蹋庄稼，转累了，就顺着田间地头折回来。有好几回，爷竟然走错门了，进了别人家的院子，而他自己浑然不觉。甚至看到人家门口的铁锨、耙子没立正，或者上面的泥垢没擦拭干净，他就粗着脖子红着脸大声吆喝。待人家屋子里主人出来，一头雾水似的盯着他看时，爷才发现自己不但走错门了，连人也训错了。他赶紧红着脸，嘴里不停地嘟囔着，哟，他二婶，走错咧，咋丢下这人啊！

爷走错的原因很简单。其一是新庄子里一溜的新院落，都是三间宽六间长；其二是家家户户的房顶都是飞檐高翘，门楼高低错落几乎一模一样，像亲兄弟一样，连装的大门颜色也是清一色的铁锈红。爷眼睛不好，搞错位置正常。

爷还认为新房子的味道很大。空闲时，他坐在青砖灰瓦的新房里，摸着粉白的墙面，看着明亮的玻璃窗，平白无故就心烦起来，不停地对我婆说，老伴儿，咱盼了半辈子想住新房，住上了，这新门新窗户的油漆味道咋这么大，刺得人老想打喷嚏。

我婆只顾手里做着针线活，头也不抬，骂他是贱命。

后来几日，爷总说在新房子待久了，头昏脑涨。总而言之，爷在高兴的同时，又好像丢了魂一般，坐卧不安。

那日，吃过早饭，爷对我说，红红，陪爷去老庄子看看吧。

我望着那两架被雨水冲得坑坑洼洼的土坡发愁，心生畏惧。可看到爷满脸上心的样子，我勉强顺从了。

一路上，爷两只手背在身后，脖子后面别一杆烟斗，抄着近路，跨着大步，朝残墙断垣的老庄子而去。

下了一道坡，又一道坡，老庄子离我们近了。

二

老庄子真的很老。尤其是村子南头的房子，大多住着老人和日子过得恓惶盖不起新房的穷苦人家。那些房子被拆掉了，只剩下高矮不齐的土坯泥墙，一块块像积木壳子一样空着的门洞、窗洞以及老房子的框架，孤零零地戳在那里，任由风儿吹。

因为显眼的坍塌窑洞做了记号，很容易转到爷的旧院落。院子和整个村子一样衰败不堪，倒是原先两棵粗壮的枣树上，挂满了玛瑙似的小枣，在秋风里哗啦啦响。我当然知道，过不了多久，它们会连同这些残墙断垣一样，都被推倒，老庄子会被夷为平地。中秋节过后，种上麦子，和时光一样冬眠到春天，它们起身、扬花，然后在布谷鸟的声声呼唤中，等着乡亲们守望开镰。

可以肯定地说，吃不上成熟后的枣了。爷和婆带着我们在院子里挥舞着长长的竹竿，敲打甜枣的一幕即将成为过去，一并过去了的，是留在老枣树下久久散不去的欢声笑语。

多难得的笑声，我又怎能忘记呢？那些年，老张家十几口人住在老院子里，二叔、四叔、二姑又上学，家口重，劳力少，日子难，想要和和气气顺顺当当过完每一天，似乎有些难。等给在十里铺教书的四叔把媳妇娶进门，念过高中的四婶儿望着低矮简陋的婚房，满脸不高兴，逢人就说，她要不是看着端铁饭碗、吃公家饭的四叔，才不会下嫁到我们老张家来呢！所以不管是地里干活，还是家里做饭，四婶总爱偷奸耍滑。爷看不过眼时，偶尔说一句，她能顶撞两句。小学都没念完的娘和二婶当然有意见，几个女人隔三岔五地相互拌嘴、赌气、翻白眼犹如家常便饭，闹得最厉害时，大家指桑骂槐，搞得鸡犬不宁。爷和婆劝不住了，只好坐在屋子里生闷气、抽闷烟。

后来，分家了，爷和婆与没成家的五叔一起住着。四婶挑了最大的一间搬进去，她的笑脸多了，空荡荡的院子里，婆和爷的寂寞也多了。老屋留给爷的苦乐甘甜，就像咀嚼一块被阴雨打湿发霉后又被暖烘烘的太阳晒干的臭豆腐，百般滋味在心头。那一日，爷的脚步在窄长的院子里来回走动着，很慢很慢。走着走着，他的视线落在窑洞的土炕上，零星散落的麦草和烂了好几个洞的旧席子还在。可就是这烂了好几个洞、被婆用粗布缝补起来的破席子，曾经窖藏了一个又一个寒气逼人的冬天。爷一定在回忆，大雪纷飞的夜晚，他躺在连锅的火炕上，婆蹲在灶台下，一手拉着风箱，一手往灶眼里添柴火，黑口的大铁锅里，黄澄澄的苞谷粥和腊八粥的味道，那一抹清甜，似乎还在唇边泛香呢！

在老院子里，爷一个门洞挨着一个门洞丈量着。当他看到我爹和我娘屋子的土墙上一排排整齐的奖状时，爷笑了。毋庸置疑，那是我的奖状。曾经，因为这些奖状，爷逢人就说，老张家先人坟里出人才，前有靠念书跳出农门的叔叔和姑姑，后有聪明伶俐的我，将这份荣耀延续。为此，我背着书包，两头摸黑，深一脚浅一脚地奔走在村里那条疙瘩路，为的就是能和叔叔、姑姑一样替老张家挣足了颜面。这个愿望已成为现实，再过一阵子，我将从这里走出去，过上父辈眼里没有尘土飞扬和日头暴晒的、舒适轻松的好日子。

爷带着我把老屋院子的角角落落都转遍了，又转过身子对我说，带你去疙瘩爷的院子走走吧？

我随爷一起进了疙瘩爷的院子，想触摸一点关于他的气息。但是，丝毫没有作用。疙瘩爷不在人世的时候，我的父亲只有十五岁，我哪里能找寻出来关于他的记忆？倒是后来这所院子里住着的哑巴四婶，让我的眼前浮现出一幕幕来。

四婶的男人患有严重的肺结核，从祖上往上数三代都一贫如洗。正因为穷，才娶了哑巴婶，哪里还有钱治病？这个大字不识几个的女人只好眼瞅着男人在剧烈的咳嗽中离世，留下两个儿子和两个女儿，也早早辍学了。小女儿患先天性心脏病，无钱医治，后来，也离她而去。一个哑巴女人，单薄的身子苦撑着这个摇摇欲坠的四口之家，能糊口就不错了，又怎能调教好两个懵懂少年呢？刚开始，不是隔壁家鸡窝里的鸡蛋不翼而飞，就是别人家菜园子齐茬茬的葱苗和韭菜被拔得一根不剩。人们可怜哑巴婶，乡里乡亲的，也没计较什么。

终于有一天，几个警察上门，用锃亮的手铐带走了哑巴婶的两个儿子。哑巴婶像疯了似的，先是跪在地上一把鼻涕一把泪地哭着求着放过她儿子，跪了一会儿看没有任何效果，就像一头发怒的狮子一样，扑上去用嘴巴咬破了警察的手，还抓破了警察的耳朵，撕烂了警察的衣服。这一切，自然无济于事。警车像旋风一样带走了哑巴婶的儿子，剩下她坐在干冷的地上哇哇号叫，声音可怕极了。几日后，村里人才知道，哑巴婶的两个儿子在邻县抢劫，用刀子将人戳死了，一个死刑，一个无期。再后来，唯一和她相依为命的女儿，也被在王家沟卖瓜的山东瓜客拐走了，杳无音信。哑巴婶疯了，原本清亮的眼睛变得混沌呆滞，整个人看起来蓬头垢面，和叫花子没啥两样。平日里，她啥也不干，吃饱了，只管披头散发在村子里到处乱跑，见了十几岁大的孩子，两眼放光，然后像个苍蝇一样，紧随其后。并且在人不注意的时候，猛然跨几大步撵着人家娃，拽着脖子，摸着脸蛋，时而傻笑，时而号哭，那模样真的很吓人。孩子们见了她大老远就躲起来了。不过，她也有安静的时候，倚着门框，望着外面，或者坐在村头的石碾盘上，翘望大路，似乎在等着什么。

不久，哑巴婶不见了，她去了哪里，是死是活，谁也不知道。

秋收后，我收到了录取通知书，走的那一天，正是老庄子被彻底扒掉的一天。路过老庄子时，隔着一架陡坡都能看到，村长从公社农机站叫来的好几辆拖拉机、推土机，轰隆隆地号叫着。在漫天尘土中，老庄子被夷为平地。不远处，黑色的身影越来越模糊，那是父亲的。他在用眼睛看着我，背着青春的干粮，或者说插着稚嫩的翅膀，远走高飞。

三

老庄子没有了，低矮陈旧的老屋自然也不存在了。就像一棵老树，在没有预料的某一天，突然被连根拔起，剩下空荡荡的树坑，等着人用回忆去慢慢填平。可老屋曾经有过的温暖与酸楚怎能掩埋呢？恍惚间，我又看见了老屋，斑驳的阳光照在褪了色的木窗格子上，洒下的清辉像凡·高随意勾勒出的油画。西墙上，一抹夕阳正缓缓落下，我趴在院子的石凳上，完成父辈凄苦一生的希望。石凳那么冰凉，书本那么沉厚，内容繁复而晦涩。

之后几年，我身居渭水之湄的繁华都市，一个人孤单寂寞时，总会想起老庄子。想起春天来时，母亲坐在院子靠南墙的枣树下，叠一家老小穿过的旧棉衣。她低着眉，用手细细抚平，折叠，就像折叠一沓又一沓的往事。那些旧衣服，有皂角刷过的痕迹，散发着被时光淘洗的味道。春天的风柔柔的，连洒进院子的阳光也是细碎而煦暖的。那阳光从枣树的枝头落下，落满了母亲半个身子。两只燕子落在枣树之间拴好的麻绳上，一群麻雀也来凑热闹，叽叽喳喳欢唱不休。

冬天来了。院子里纷扬的枣花、柿子花、梧桐花彻底隐去，却多了腌菜的味道。屋檐下敦实的坛子罐子，开始一个个派上用场。首先，婆会挑个好日头，将这些老器皿里里外外擦拭干净，晒干。然后，在霜降之前，给里面装满一家人吃的咸菜、炝菜。咸菜以胡萝卜和白萝卜为主，炝菜则是雪里蕻或其他可以吃的绿色叶子。这些不起眼的乡村植物被撒上花椒、大料、盐、五香粉等，压在坛子里，可以让全家人度过清寒的漫长冬天。直到现在，这陈旧古朴的物件，母亲一直保留着。每一年的冬天，她会和祖祖辈辈的农家人一样，尽心尽意腌制一缸一坛的咸菜和炝菜，也腌制一坛坛叫作回忆的植物。夜深人静，她不停地反胃，令我心疼。

黄昏，风儿把门打开，爹的影子被卷了进来。他去了河湾的坡地。那片地，得趁冬闲平整好，待来年秋风后，撒几垄菜籽或麦子。他的肩膀上扛着一把铁锨，待卸了后，肩上落满尘土。满脸汗珠子的爹顾不上拍打，只顾蹲下身子，将头埋在土墙边不停地擦拭和磨砺农具。那一截土墙，深深地钻进地缝，越来越矮。

离开老庄子，我经常做梦。比如梦里隐约响过一阵车铃声，自行车的铃声。我爹骑过，我和弟弟、妹妹够不着横梁，一只脚踩脚踏，一只脚从梁下斜塞进去骑。那辆自行车活像一个传家宝，再远的路，都在两个锈迹斑斑的轮子上，一圈一圈抵达。还会梦见三寸金莲的婆。她老人家下不了地，在屋里做饭洗衣、喂鸡喂猪、纺线织布、缝缝补补等却是一把好手。我每次放学回来，看到她手里总是在没完没了地做针线。想说，婆做的布鞋，千层底，柔软又舒坦。鞋子做好后，婆喜欢摆在窗台上晒。这一处角落，是每日的朝阳和夕阳对小院最先的眷顾和最后的眷恋，鞋子上落满了阳光，看着都觉得柔软温暖。可那时，我总嫌布鞋土气，甚至想早日摆脱穿布鞋的乡巴佬。直到后来，一个人走在城市冰冷坚硬的水泥板上时，才忽而滋生出对曾经裹在身上的棉质物件的怀念和稀罕。

其实，梦得最多的是老院子。老院子又窄又长，雨季来临，无人打扰的墙角长满了细碎的马蹄莲、车前草等。夏收时晒过麦子后，还会长出一撮撮麦芽，纤细嫩绿。我每次清扫院子靠近墙角的时候，总舍不得清除它们，仿若从那些翠绿的小草上能瞅见长大的自己一般。碰上大雨，父亲担心我和弟弟、妹妹出入院子趺跤或者沾一裤脚泥，会及时放一些青砖，从院门口开始一直延伸到房檐台。几日后，从那一行弯弯曲曲的、匀称间隔的青砖缝隙里，会长出一层层深绿的青苔。雨停了，阳光、月光、星光洒在上面，像一幅古朴的水墨画。

有时，也会梦见后院的柴房，它是用几根杂木、牛毛毡和碎瓦片搭建而成，四面透风。平日里，风灌进去，土吹进去，一股潮湿苍老和发霉的味道会从里面散发出来。柴房的墙上，除了挂满锄头、洋镐、铁锨、耙犁、簸箕、扫把、草绳等农具，还挂着一只生锈了的铁环，轱辘轱辘滚过乡下孩子稚嫩的童年。这些家什曾经是我爷和我爹的宝贝，它们一件件从老屋搬到新庄子来了。记得有一年，刚学会走路的儿子随我回新庄子，对什么都稀罕和好奇。趁大人们不注意他钻进柴房，这儿摸摸，那儿看看，竟然意外地找到了一个木制的陀螺，它安静地睡在几块砖头下面。很显然，那是我和弟弟曾经玩过的。可如今我早已成了一只尘世的陀螺，被欲望不停抽打着，团团转，怎么也停歇不下来。

柴房里，最醒目的是几把镰刀，是我爷活着的时候找东坡村有名的铁匠给打的，钢口结实又锋利。我爹曾是割麦的老手。他一头扎进麦田，弓着腰，左手揽住一大撮麦子，右手挥着镰刀，一道亮光划过，麦子纷纷倒下。爹的脚下，土黄色的蚂蚱满地蹦跶。很快，一捆麦子割出来了，他单膝跪在上面，将镰刀扎进麦捆的屁股，抽出一小束麦秆一分为二，麦穗对麦穗搭接，拧成一个圈，然后将麦子捆扎好。阳光下，金灿灿的麦捆整整齐齐的，像码好的书，诗意而丰满。

写下这篇文章的时候，爷早已过世，他老人家当年居住的新庄子，不但没有老去，反倒一日日换新颜。比如原先高低不平的疙瘩土路没有了，换成干净整齐的水泥路；一些老房子被翻新了，红墙灰瓦，屋檐高翘；另一些新盖的楼房，装饰一新，气派敞亮。再比如，当年那个泡在农活里干练娴熟的我爹已七十有三，清瘦如初，勤劳如初。在他老人家眼里，地里的麦子、玉米、大豆、白菜、红薯、萝卜，简直就是他生命的天堂。这些年，他一直默默地侍弄着几亩田园，一丝不苟。我深深地知道，只要他老人家还有一口气，这繁复零碎的庄稼活，他会不厌其烦地做下去。可村子里，和弟弟一茬的年轻人并不是这样的。他们一窝蜂地拥进城里，迫不及待地想褪掉身上的农民外壳，哪里还有耐心和工夫去精心侍弄庄稼？至于后院墙上挂着的旧式农具，会娴熟驾驭的没几个。这一点，我爹很懊恼，却也很无奈。他会在农活闲下来的时候，一个人去后院，将那些锄头、耙子、铧犁、镰刀等一件件拿下来，擦尘，除锈，打磨。弟弟从外面进来，总笑话父亲，磨那些有啥用，还不如溜达到镇上听戏去。完了，弟弟仰起脖子张望后院几间红砖青瓦的老房子，好几处墙皮已经脱落，后檐下的木格子窗户上开裂了几条缝，里面灌满了尘土。这阵子，弟弟总盯着看，完了就开始嘀咕：再打拼一年，等明年开春，将它们扒掉，另起二层小楼，新式门窗，飞檐高翘，瓷砖到顶，再在檐口弄个鎏金四射的造型出来，争取盖过这条街上楼门修得最高的六叔家。爹低头沉默。他自然明白，这老房子，最终会在弟弟手头被改头换面的，就像一茬人老了，一茬人必然会上来。庄子里的新与旧，总在辗转之间，成为一个人心里永远无法褪去的底色。

右玉二题

杨晋林

一　苍头河

杀虎口的土城墙已被簇新的青砖包裹起来。在青砖下面蛰伏了上百年甚至近千年的鼎盛繁华，在任何一个晴朗的秋日、任意一个阴霾的冬天都会上升到一种恬淡的高度。而杀虎口的城墙根下，有着截然不同的成色，向阳的一面被现代的方砖和水泥拼砌出坦荡如砥的甬道、草圃和楚河汉界胶着的一局和棋，这是一张属于山西右玉县的旅游名片。而向阴的一面仍然被时尚冷落，山村的禾枷在敷有薄霜的麦场上起起伏伏，那已是内蒙古和林格尔的地界了。

杀虎口往东是绵延不绝的明代土长城，一直连缀着遥远的山海关。明时，甚至更加久远时期的冷兵器在每一座烽、每一墩燧、每一尊堠上定格、固化。

杀虎口往西仍是起伏跌宕的古长城，这是中国万里长城的一部分。而就在这道纯粹黄土堆砌的长城脚下，千百年来流淌着一条南北走向的小河，我清楚地记得它的名字叫苍头河。

我深知我来得不是时候。苍头河绚烂的秋色静候我很久了，在每一座保存完整的古堡里，都为我遍插婆娑的沙棘枝，都为我摇曳碎叶如铃的小老杨。而我却姗姗来迟，直到“衡阳雁去无留意”的时候，才匆匆推开右玉那扇木制的柴扉。它的门楼竟然是杀虎口敦厚的老城墙，那是怎样的雄浑和滞重啊。曾经贸易“鳞集星萃，街市纷纭”的杀虎口，卸下一扇又一扇钱庄、货栈、车马铺的柏木门板，高挑的杏黄色的幌子在冷风里飘飘荡荡。那么多的南商北贾，那么动听的驼铃与生意腔，都在苍头河上如潮水般涌动。甚至那种喧器早已穿越杀虎口的城墙，飞向漠外的归化城和包头城，甚至那种人为的浮躁跨过简陋的通顺桥，在黑青的石板路上，一直颠簸向雁门关……

有一天，祁县一个叫乔贵发的汉子牵一峰骆驼，踏过苍头河结了冰花的河面，从九龙洞内穿过去。不久，一个标志晋商里程碑式的人物开始出现在内蒙古和山西漫长的沙土路上。我曾在祁县乔家宫殿式的庭院内触摸到一种昂扬磅礴的因子，但在那一刻，我苦于找不到这种因子生存的确切空间。直到走进右玉，走近苍头河，我才蓦然惊觉此种因子的最终渊薮。

我是慕名来寻找苍头河的。

苍头河的名字是我偶然听说的，偶然听到之后居然再没忘记。

我试图寻找苍头河的目光陷落在了层层叠叠的沙棘丛里，拔也拔不出来。尽管大片的沙棘林除了点缀有少量的被遗弃掉的小黄果实外，烦琐的碎叶已经凋落，但是，我还是找不见那条奔腾激越的苍头河。

如果往回走，走回七月流火的夏天，我从山西的娘娘滩直接进入了内蒙古的准格尔旗。连绵起伏的大沟大壑上偶尔有树木的零星点缀，简约而不成景致。一辆风尘仆仆的汽车在新修的柏油路上驶过，间隔很长一段时间才有另一辆长途汽车赶来补缺。可能我并没有深入大草原的苍莽腹地，因而所见的仅是一种自然的另类。

秋天，我看见雁门关的崇山峻岭上，没有随着季节的嬗变而涂满由绿转黄或转红的丹青油彩。终于我相信，那样的山是不长树的，只生些古怪的石头，只生些积雪和古人垒砌的烽火台。站在雁门关下同样是可以极目的，除了几处青灰的村墟外，雁北的旷野一般是一马平川，干干净净。负重的煤车壅塞了每一条省道或国道，包括它们尖啸的喇叭和几十只轱辘轧过路基的震颤。可能我所处的位置阻碍了更多绿意的铺张和横陈，我应该再往深处去寻觅，寻觅散发草香、树香的草甸和林地。

于是，冬天到了。冬天里，我爬上了右玉的杀虎口。当地的朋友一再提及苍头河的名字。我想我原本就是奔着苍头河来的。这样的名字从来就不拒绝白羊肚手巾，这样的名字从来就离不开车辙般深邃的皱纹，还有老态龙钟，还有暮气沉沉……

原以为站在杀虎口的城墙上，就能一眼俘获那一带清流，而我错了，我没有如想象中那样轻易地捕捉到河水的喧哗和斑斓水色。我是晚来了一步呢，还是苍头河故意隐匿在什么地方，羞答答的不肯出来呢？原以为初冬的苍头河肯定是凋敝的，举目不是流沙就是烟岚，色彩刻板而单一，连同冰封的河床一起潜伏在冷风的羽翼下，康熙大帝的十二连营呼啸掠去，遗落下杂乱的马蹄声和八旗子弟的呐喊；原以为苍头河多不过是一条水流充沛的山溪，溪畔驻足着几处尘封日久的土堡，堡名可以叫作威远堡，也可以叫作平集堡，隔世的“王相卿”或“史大学”们，骑坐在有些跛脚的驼峰上，跨过距离苍头河不远的通顺桥，穿越戒备森严的杀虎口关卡，走向苍茫的大漠深处；原以为这里的天色苍黄，这里的土色苍黄，这里的白天还需要点亮一盏豆油灯来辨别屋内的柴米油盐……

但是，苍头河呀，我还是找到了你，原来你就藏在那一丛沙棘林里，原来你就匍匐在那一片芦苇荡里。颓尽叶子的你，摇曳着累累沙棘果，凝固成一派橙黄或猩红的云霓。晴空下的十一月的苍头河，矫情在灌木与乔木交织的缝隙里。

而站在杀虎口城墙上的我，又怎能从杂树的枝杈间分辨出河流的曲折和流水的缓与急呢？

苍头河呀，原来你是这样绰约妩媚，这样透着月华般的迷离。那一片沙棘丛是你的秀发吧？那一带小老杨是你的珠翠项链吧？那一簇细柳林是你花裙上绣着的彩云边吧？那一排塔状的油松呢？那几株芦苇呢？妩媚的你秀发披肩，丰腴娴静，与其说你是一位温柔多情的少女，不如说你是一匹软软的丝绢逶迤在凋零花瓣的树底。

这是万物凋零的季节，我却疑心自己潜入的不是塞上的右玉，而是属于江南的一处原始丛林，就像缅甸的蒲甘平原，就像巴西的亚马孙。我承认我所生活的城市到处是冷血的水泥建筑和虚伪的华灯霓虹；我承认我家楼门前仅有的一块草皮上也堆满了日用垃圾。在家乡，同样有一条老而弥坚的衰河，河水已细如蚰蜒，河岸上种植的不是护堤林，而是春种秋收的高秆作物，只要是冬天，河岸会裸露出最本质的肤色。我在那样灌满长风的枯河边，走过了一年又一年。此刻，蓦然面对一条蜿蜒于树底草丛间的河流，我居然萌生出一种难以适应的抵触情绪，苍头河谢却绿意的虬枝，以浩如烟海的形式逐步矫正了我早已定型的审美标准。

苍头河的树种并不纯，油松、沙棘、山榆、箭杆杨，无不在苍头河畔找到适宜栖居的土壤。苍头河是我偶然间遇见的一条浸染着芳草气息的河流，苍头河的树木经纬交错，密不透风，只要随便拐一个弯，你就不可能再回望到来时的路径。世俗的声息一旦落入绵密的树木的纵深，便会支离成一种静止的符号，如一片陨落的叶子，如一块湮灭于泥土的顽石。相信那些生息在树脚的微观世界的生命吧，它们在腐叶的滋养下，惬意地笑得合不拢嘴。如可打一个比方，那么，苍头河就是绿绒毯上绣出的一尾青龙，它的弯曲是呈自然舒展的，倘若有一天它石破天惊，腾空而起，你都无须惊讶。

春天的河水充满了青春式的骚动和少女般缱绻的情愫；只要进入夏天，她会静若窈窕处子，凝立于萋萋蔓草深处，明眸善睐，“爱而不见”；如果是秋天，苍头河成熟了，美艳中略带一点轻佻，而那一点轻佻又刚刚好。

也许只有冬天，只有冬天的苍头河方显大家闺秀的沉静和娟秀。

苍头河边的孩子是幸运的，能够把童年嵌入油画般的风景里。每一棵沙棘树，都可以承载孩子们一段美丽的童话。

在沙棘树喷溅出嫩芽时，在它们悬挂起玛瑙似的小黄果、小红果时，欢愉的情绪一直贯穿着沙棘林的整个成长过程。它会忘记曾经寂寞过的冬天，忘记冬天料峭的寒风如同箭镞一样射向落尽叶子的灌木丛。其实，当冰雪覆盖在苍头河上时，沙棘林已将生命的元素收敛起来，隐忍在塞上格外清冷的风影里。假如没有经过冬天历练的沙棘，恐怕在需要激情绽放的时候，会腼腆成一束柔弱的狗尾巴草，即使在夏天也会尽量掩饰绿意的恣肆流淌。所幸，苍头河边的沙棘是久经沙场的勇士。不可否认，在最为困顿的日子里，它仍以蓬勃怒放的姿势，狰狞摇曳在沾满水气的苍头河畔。

五十多年前的苍头河早被风沙搁置在塞北一隅。没有人相信多少年以后，这里会被绿色覆盖和浸润，那一定是童话中的世界！生活在现实中的人们，很难有超乎平面的思维。当年，杀虎口的贾姓、张姓或是李姓的子弟们，凝望着日益萧条的杀虎口，想必透出近似绝望的目光吧。杀虎口日进斗银的店铺轰然倒掉了，激起一片呛人的尘埃，平集堡的匾额哗啦一声垮下来，碎成一堆面目可憎的瓦砾……苍头河在不远处肆虐横行，河上的九龙洞坍塌下去，砸断了悦耳的驼铃。那时，整条苍头河在肆虐中缄默着。谁能忍受它吞噬田园后极度亢奋起来的快感和刺激呢？

时光流转，已没有人愿意复述昨天的苍头河了。

可能最初是一只羽翼未丰的鸟，故意将黄喙间一粒树籽掉在了河堤上，经过一个冬天的发酵，经过一个早春的孕育，等到春暖花开时，一蓬沙棘钻出了泥土。那只鸟后来飞走了，很久没有回来，但它相信在它身后会繁衍出一片森林的。可能在它模糊的记忆里，苍头河两岸是贫瘠的，除了水气一样的风沙在游走，就只剩下袖了双手顶风走路的农民了。那些从杀虎口走出去的人，大多没有回来。晋商乔致庸并没有在苍头河上稍作停留，他入了雁门关，风风光光地回到久别的故里——祁县乔家堡。至于播种在苍头河上的那一株沙棘树，终于结出繁星般碎密的果子——酸是酸了点，却让贫瘠的苍头河看到了新生的希望。这棵飞来的沙棘树似乎天生注定要生活在这里，并且成家立业，生儿育女，繁衍出一个庞大的家族群体。今天的苍头河风情万种地摩挲着沙棘树的树枝，婀娜地滑过去，全没了当初的野性。其实那些喜欢衔来树籽的鸟儿是有灵性的，一只鸟儿飞走了，又来了另一只，另一只鸟儿衔来了一粒油松籽。以后还有许多只勤谨的鸟儿在右玉湛蓝的天空上飞去来兮……

那只最初在右玉天空上翱翔的飞鸟在撂下一粒树籽后，悄然离去了，沙棘林的针刺上至今仍飘拂着它并不华丽的鸟羽。农家在聆听到百鸟朝歌的那个早晨，距离那只鸟飞走的时间已经很远了。有人淡薄了关于那只鸟的相关追忆。苍头河却尽情地享受着所有鸟儿搭起的木质的新居。沙棘林延伸的范围终于突破了苍头河狭小的领地。我从杀虎口走向苍头河，我从苍头河又走向河畔沉睡着的一座座古堡。我喊不出来更多树木的学名，只是看到了更多我不熟悉的树种。特别是沙棘树，我不知道它们在尚未结果前会不会开花，花开的形状又是怎样玲珑可意。而我知道，苍头河的冬天自从有了沙棘树，就已不再孤寂和无聊。我不可能走遍整个苍头河流域，但我毫不怀疑这一片茂盛的沙棘后面，还有更加茂盛的小老杨。暂时枯萎的叶子随着时令和节气的更迭渐次从树上飘然坠落，在树脚、在河岸上铺成厚厚一层金黄，那一定是燃烧着的价值不菲的金子吧？

正是这一堆又一堆诱人的金子，把苍头河边侍弄树苗的农民，挤进了树木的荫庇。他们甘心于林下搭建的简陋窝棚，从树隙里窥视太阳和月亮的运行轨迹。不断携带草木清香的风在农家的烟囱上空彷徨，枝与枝摩擦的声音分外动听。那种在山涧里，在少有的山地沟谷才能倾听到的松涛，在苍头河上习以为常。

现在是冬天，现在的苍头河上杂树漫漶了从前的沙丘和荒芜，在塞上普遍缺乏植被的空间，开始流动起烂漫的色彩，而苍头河安详地冬眠在色彩下面。

在充溢草莽气息的苍头河畔，几乎看不到那些20世纪农田基建的斧凿痕迹，土堡里的村民日出而作，日落而息，和善、质朴、随意、悠然。方正的民宅虽不奢华却井然有序，所见的街门都是洞开的，多了几分友善的客套，少了一点漠然的戒备。恬淡的男人们站成一排或是一圈儿，晒着永恒的太阳，间或叙述一些切合自身的农事；头戴帽子的女人，则在牛槽或猪圈边忙乎；也有男人或女人在街头站着打扑克的，赢方最终可以赚一颗大白菜，输掉的一方瞥一眼院子里码成垛的白菜，连呼手臭。有个叫徐虎娃的男人，间隔了厚重的时光，在一处叫作威远堡的门洞里不无夸张地说：“东衙门院里的灰菜真肥呀，拔了一箩筐，蹭了我满身油渍。”……

苍头河边的徐虎娃呀，苍头河任凭你的桑麻旧话，一味在青枝和绿叶下清点安逸的似水流年。

薄冰下，游弋着一尾色白花青的锦鲤，穿过了颤悠悠的吊桥，穿过了杀虎口新砌的城墙根，向驼铃遁去的归化城游去……我的那些走过口外的先辈们，或许在这样风光旖旎的河湾里濯洗过脚趾间的泥垢。而我却迷倒在苍头河参差披拂的石榴裙底，并为这个枯枝交错的林地和流水不惊的河床，寄予了摇曳多姿的情思。

虽然，初冬的寒气迎面扑来，我的心情却温煦如春。我看到的不是一条简单的河，它是这方水土最具地缘性的缩影。

我沿着河堤一路南行，天空爽朗而清晰，生存在苍头河边的人们，心灵也应该是透明的，即使一张孩子气的笑脸，也一样布满无垢的禅意。置身于苍头河的杂树间，顿觉烂柯隔世之感，倏忽间进入一个童话地带，四面都有朝歌的百鸟和喷涌的花序，静谧流散在树隙里，清冷的气流掺杂着植物独特的味道。苍头河边曾经的孩子们已在额上刻满了皱纹，这样的农民在右玉任意一片松树林子里，都能看到他们忙忙碌碌的身影。千余年前，柳河东认识一个长安城边驼背的种树老人；千余年后，我在苍头河畔看到许许多多勤勉的“郭橐驼”在自家门前的树丛里忙碌，为自己，同时也为后人根植着无垠的福荫。那些农妇们，正在清澈的河边汲水，剪水的蜻蜓呼扇着薄翼飞过去，水面上倒映着明净的天空。

你知道吗？苍头河上日落之后浸染的是浓得抹也抹不开的植物的色块和岁月的氤氲。

张裕民是右卫“裕盛昌”的最后一任掌柜。在一个飞满火烧云的下午，身着长袍的张裕民伫立在苍头河畔，面对裹挟大量泥沙的河水，仿佛看见自己黯淡没落的前程。他依旧在太阳升起的时候，伴着苍头河水的喧哗，摘下略显破旧的门板；他依旧踌躇满志地沿着那条久经人脚畜蹄磨砺的青黑的石板路，从大同，从太原，从气温濡湿的烟雨江南贩运来新鲜的茶叶、缎匹、瓷器以及各类南货。但，土匪的马啸声不时地从杀虎口的残垣上飘进来；日本人的“三八大盖”最终击碎了他延续“裕盛昌”商号兴旺发达的清秋美梦。不久，沙尘暴再度席卷苍头河，并将河水变得更加混浊，甚至在通顺桥头囤积起厚厚的属于库布齐沙漠的绵密的细沙。茶马古道上的驼铃越飘越远，几近游丝……

不仅仅是张裕民，镌刻在右玉老人们记忆深处的苍头河，从来都是怪诞和反常的。背河人为了生计，在杀虎口附近的河底挖出鱼鳞般的暗坑。不想花钱雇人背河的生意人，在背河人的精密策划下，失足跌进一个又一个打着漩涡的暗流中，人仰车翻，上等的茶叶，贵重的皮革，赖以养家糊口的银圆莫不付之“北流”。是历史的苍头河馈赠给生意人不尽的辛酸和伤害！

事实上，今天仍然嬉戏在河边的孩子，已不再重复张裕民的失落和迷惘了。他们在九曲十八弯的河套里牧羊；他们在充斥酸溜溜馨香的教室里念书；他们透过密度很大的树隙窥望被切割成不规则块状的蓝天。他们说：“苍头河的秋天是凄苦惆怅的，只是没有人留意到她金色炫目的美感。”

苍头河上有一道大弯，是与马营河交汇的地方。在万物争荣的季节，这里是牛马驴羊的天堂。可惜我来得不是时候，枯水期的苍头河静静地笼锁在草丛里。站在这道大弯的彼岸，远眺苍头河的背景，我发觉那些浓烈的背景图案并不是青瓦白墙的村舍，而是扎成团的柳，挤成堆的杨，排成队的松，野草弥合了杨柳松的空隙。思绪纵使生出一双翅膀，也休想逾越这片黛青色的树障。

从前，那些贴着河帮走西口的汉子，给苍头河留下一串扭曲凌乱的脚印。印胎里长满了蘑菇、地蒜和胡麻秆。谁在河湾里唱歌？歌声散漫而舒展，不是走西口的老调重弹，而是韩湘子八本十六回的右玉道情，携一股空灵的道骨仙风，信手抹去了诸多心酸和喟叹。

苍头河边矗立着一座又一座古堡，沿河的古堡滞重如千年未醒的梦。没有苍头河的植被，也许右玉的古堡早被风沙掩埋多时。那些不再住人的古堡，或仍然扶摇一缕炊烟的古堡，矜持着俗世的生息和香火，述说着只有苍头河才能解读的梦呓。我又看见了沙棘，那些不屈的，为一条沙河披上绿衣的植物，怎么就屡屡出现在我的视线里？难怪诗人周本立有一个让人油然生敬的夙愿：“我愿化作一束沙棘，守护着人类圣洁的家园……”我想，我最在意的应该不是滋润视觉的禅悦，而是契合心灵的一株树，一棵草，一片蓝天。何况，树已成林，草已成畦，蓝天已开放在右玉人的心底。

那个浸霜的冬日，我在苍头河边迷失了自己，仿佛身边的一枝一叶都被赋予了灵性，都在以互通的语言交流思想，融洽感情。我能够不时地插进一句话来，说明我同样是它们当中的一分子。我听到一个类似那只鸟的故事，其实也不是一个故事，而是“十七个”，就是关于这些树、这些草、这条河的一组传奇。我明白了，时下的美景原来不是自然施舍的造化，而是人类修饰自然的一幅风情画。我为那画中的一点一垛、一个泼墨、一段工笔而感动。故事里的人物有的走远了，变得缥缈，有的仍在林中徜徉，皆可历数。

直到走出苍头河，走出右玉之后，我才豁然开朗，原来我已经找到了苍头河焕发青春的源头。

二　画里右玉

春天，夏天，秋天，还有冬天，四季的右玉是装裱起来的四幅油画。

不拘哪个季节，随意在右玉的威远堡、高家堡，或者梁家油坊外面走一走，都会被油画中浓烈而摇曳的色彩所感染，色彩的遮盖力与透明性也相当充分。

清风在树叶上徜徉，明月在枝条上宛转。

除开季节，若想从某个方位、某个局部入手，是很难把右玉独特的神韵甄别出来的。右玉的绿色是那样广泛，那样富有普遍性，由一片叶子算起，层层叠叠，目光无法洞穿这块厚实的画布。细腻的质感，明与暗的协调，由肌理中透出的属于植物的动感，在整幅画中构成一种质朴的思想。

显然，右玉的绿色不是浅绛山水的水墨勾勒所能皴染出来的，如兼五彩的水墨也不足以表达右玉的原汁原味。在右玉，炫目的色彩改变着我们惯常的审美标准和欣赏角度。油松、樟子松、落叶松、小叶杨、小青杨、小黑杨，这是右玉绿色最根本的元素。

十多年前，年逾花甲的韩祥买断了靠近马营河的水磨沟一千亩荒沟的使用治理权。十多年后，韩祥种植了六万多株乔灌混合木，昔日荒凉的水磨沟如今已变成林荫蔽天的生态园。水磨沟里有一条五龙泉水，五龙泉水不知流淌多少年了，在它涓涓流淌的漫长岁月里，不知被黄沙掩埋了多少次，我们只知道是最近这几年，泉水才变得清澈起来、甘洌起来。韩祥听见泉水每天都在笑呢，笑声淙淙。

许多人都还记得，从前右玉的风沙是带色儿的，可以把右玉的天空随意染黄，随意染暗。

“一年一场风，从春刮到冬，白天点油灯，黑夜土堵门。”这是最使右玉尴尬的老民谣，民谣传唱了一代又一代，歌声里浸透着无尽的苍凉与无奈。也许从春秋时就有了民谣最初的版本，被“盛乐金陵”的游牧部落在帐篷里悄悄吟唱，到了北齐有个叫高市贵的骠骑大将军，又将风沙弥漫的民谣带进了军营，旋律中夹杂了兵戈相击的铜音……

在传唱不解风情的民谣的地方，终年席卷着凄厉的大风，当地人称其为骆驼风。骆驼风毫无阻拦地掠过料把山，掠过雷公山，掠过红旗口，也掠过盆儿洼村的大风口，在右玉一千九百六十七平方公里的黄土丘陵地带横冲直撞。那时，右玉的树木是孤立存在的，每一棵树都要单独抵挡来自北方势如破竹的风沙；每一棵树的站姿都在向南倾斜，风过树梢的声音似呜咽，也似呻吟。

右玉老人十有八九都爱看戏，中路梆子，北路梆子，二人台，右玉道情，没有他们不喜欢的，他们不仅爱听爱看还爱唱。右玉有许多黄土夯筑的古堡，许多古堡里都设有古戏台，有的古堡里还不止一座戏台，关帝庙对面有，观音庙对面有，城隍庙对面也有，而最有名的当属马营河村的武圣庙乐楼。平集堡有一年唱大戏，请来的是金兰红的戏班，唱的是全本的《凤仪亭》，青衣花女子扮演貂蝉。杀虎口的居民和商贩早早就提了板凳马扎坐在戏场里等开场锣响，等来等去却等来一场铺天盖地的大风。大风赶跑了观众，吹跑了戏子的顶戴髯口，掀飞了花女子头上的点翠珠花，最后连戏台的房顶子都揭了一半……

右玉县有个牛心乡，牛心乡有个石泡子沟，石泡子沟里有一簇一簇的沙蓬草，还有一阵一阵的卷土风。

有一天，身穿迷彩服的王占峰孑然一身走进了布满碎石的石泡子沟，这之后将近三十年，王占峰就是在这条深沟里度过的，日复一日地种树。三千余亩的沟壑嵌满了他的脚印，后来苍松、青杨、红柳、绿葡萄在他身后交织成一幕郁郁苍苍的大网，不知不觉中他把自己也织了进去。

王占峰在一道沟边自造了一座木板桥，两头搁在对过的树杈上，桥身不长，但王占峰这一走就走了几乎三十年。三十年时光说长也不长，如果从一棵树苗算起，直到它慢慢成材，也不过多长了几米，这样的时间跨度在王占峰看来也就一眨眼的工夫吧，而木板桥上的汉子却已一脸沧桑。桥板不宽，走上去还颤悠悠的，王占峰过桥的姿势很稳，如履平地一般。

石泡子沟是一个人的世外桃源，而这个人并不觉得孤独，他刚刚送走一拨野兔，又迎来几只野鹿。这个人待客的方式挺特别，无非是尽量多给客人栽几棵树而已。林子大了什么鸟都有，这话听起来有些不雅，但王占峰却不这么看，他说狍子呀、黄羊呀、山雉呀，在他的桃花源里都不算是稀客，更多的是树上落满了鸟，啾啾唧唧，叽叽喳喳，有的他连名字都叫不来。主雅客来勤，石泡子沟因了王占峰而变成了动物王国。

今天的右玉就是一幅苍翠秀润，着色浓重的油画，作画的人意存笔先，墨如泼出。从来没有见过一幅经典的油画是由十多万人用铁锹工笔而成的，偏偏右玉人在无意中打破了这个常规。他们画得随意而饱满，浓淡渗透，相互掩映。你不拘沿着山和公路或是沿着109国道进入右玉，扑面而来的首先就是无边的绿色。滔滔林海，一片连着一片，有间隙的地方可能是一条路，也可能是一个村庄，接着又是无垠的绿。在右玉的绿色中捕捉风情是最容易不过的，古典的，现代的，庄重的，浪漫的，都有绝佳的原型。右玉的绿色会将你牵入一个朦胧的梦境，你灵魂的影子就会在绿色里尽情舞蹈，一招一式仿佛梦里神态。蓦然之间，你又觉得右玉是块巨大的翡翠，是一块从沙尘里打捞出来的无瑕美玉，又用精致的雕刀镂刻出巧夺天工的图案，有着和田玉般的润泽，有着缅甸玉般的透亮。在这样一方达意畅神的美玉前，人人都想做个玉石的鉴赏者。

由于地理或观念的差异，我们置身的乡村和城市大多被太阳笼罩在光环里，只能借助右玉的林荫寻觅诗情画意了。我们在右玉的土地上触摸一棵油松、一棵白杨，或是一棵红柳树时，其实也是用指尖和掌纹来解构一组轻灵的诗句，可以是“一树春风千万枝，嫩于金色软于丝”，也可以是“叶密鸟飞碍，风轻花落迟”，还可以是“榆柳荫后檐，桃李罗堂前”。在右玉，不知有多少抽象的诗文不期然地被赋予了鲜活的生命和内容。

一锹之下，方见黄土。三十出头的王占峰在石泡子沟铲下第一锹黄沙土时，绝没有想过三十年后他脚下的黄沙土会化作满眼葱绿。他清楚地记得，那时的风依然很大，旋风从梁上翻下来，卷走了他头上的帽子，他掘坑的姿势有点儿笨拙，这种笨拙的姿势造就了石泡子沟日后的弥山夹谷，铺青叠翠。而当时，在他干裂的嘴唇上嵌着几颗极细微的沙粒，他把一担水分作数瓢浇进鱼鳞坑里。王占峰说，他栽树时右玉的植被已基本恢复了，他没有遇到过昏天黑地的大风把栽好的树苗连根拔起。

杀虎堡、破虎堡、铁山堡、牛心堡……这堡那堡，右玉的许多村庄都被厚重的土围墙包着，形成一座又一座方方正正的土堡。每座土堡里都存在着一个小小的社会，村人世世代代地封闭在土堡的狭小空间里，日出而作日落而息。如果翻看他们的家谱族谱，金字塔一样的家族链并不复杂。这样的土堡让土堡内的老人们充满了抵挡风沙和防御盗寇的优越感。只是在很长一段时间里，右玉的荒原上行走着一队灰色的骆驼或是走西口的后生。这些人的目光越过光秃秃的旷野望见一个火柴盒大小的东西凝固在远方，他们知道那是右玉的土堡。不知道还要再走多少里路，火柴盒才能变作一座雄浑苍凉的土堡。那时，北风在雪原上呼号，流沙借着风势在雪原上奔跑，许多当地人也一如他们那样蜷着身子，弓着腰，向前踽踽而行，被大风吹得东倒西歪，以至于右玉人寻常走路的姿势都像是逆风而行，肩胛一律前倾，勾着脑袋，显得异常费力。当土堡越来越近时，他们看见土堡墙上挂满了一缕一缕的细沙，很大一截墙根被埋进沙底了。这样的土堡当然也包括右卫老城。一般的，扯起大风的时间是在午后，一直刮到太阳落山。风沙顺着北城墙外平缓的沙坡漫进城来，老城的居民出门不得不贴着墙根走，男人女人头上都戴着顶帽子。风来时，多少扇没有上好门闩的街门、房门、羊栅栏被风拍得咣咣响，哪家店铺的招牌也给吹跑了，只剩下了木框子……右卫老城在大风过后仿佛水洗过一般干净，院内的柴草没了，垃圾没了，街巷里覆了一层细沙。老城的居民习惯了一早拎一把扫帚，打扫房顶，打扫院子，打扫街道。许多生意人家一边卸门板一边说，城墙不高三丈六，三丈六的城墙也快给掩埋了……

右玉的记忆通常是苦涩的，苦涩的记忆里也有绿圃柔茵的胜迹，也有混元流碧的古韵，还有曲涧鸣泉的灵动，恒阳十景是右玉深藏在记忆深处的梦，右玉人是以这个梦为蓝本美化家园的。恒阳十景不仅见证了右玉最荒凉的一段历史，也正经历着右玉最具辉煌的变迁。起初，那些可人的绿意离这儿还很远，慢慢地二十里黄沙洼披了绿衣，四道岭上凸现一片广袤的草原，苍头河、马营河畔呈雁翅形的护岸林渐成气候；接着贾家窑山顶传来阵阵松涛，辛堡梁上凝结成万顷林海……

在梁家油坊只是一个村子的时候，那家名为满乡里的榨油坊就一直生活在漠漠风尘里。油坊的主人在油腻腻的木栓周围忙碌着，压榨着胡麻和胡麻以外的生活琐屑。可能最后一个榨油工走出隆隆作响的油坊时，右玉的天空已经放亮了，油坊门前的土路上原先铺了一层细若轻烟的黄沙，榨油工却发现那层细沙奇迹般地消失了，抬头一望，只见小南山上也冒出一片青葱。那一天应该是1972年以前呢，还是1972年以后呢？反正1972年是右玉一个不同寻常的年份，那一年县城从右卫老城搬迁到了梁家油坊。

我们重新回到右卫老城，穿过永宁门就算进城了。苍街还是那样朴实，白衣寺却倒掉了。看上去右卫老城有点旧，也还有点新：旧的是民风，新的是面貌；民风不改，面貌日新。

日子是秋后。

老城外，梦一样布满山梁、河谷、盆地的树木该黄的黄了，该绿的还绿着，而老城内的日子依旧是充沛的，鲜润的。

很久见不到那种能把天染黄染暗的沙风了，右玉的老人站在自家老式的门楼下，一脸恬淡的笑。门楼上方的天空是那样湛蓝，没有一丝云彩，也没有一丝风影。

在湛蓝的天空下，右玉是一幅主题明确的油画。

东冶怀旧

杨晋林

一

去五台山朝圣的人都知道东冶这个地方。东冶是五台山的门户，它的历史源于春秋年代，距离我们的生活极其遥远，或者说有关东冶古镇的遐思、寻味、考证和琢磨大多来自一堆青铜器。而隋唐时的府兵制是奠定东冶府历史位置的分水岭，至于今天的繁华，历史的东冶是不具备的，所以总是让人觉得现实的小镇只是蒙了一张漂亮的幕布，如果掀开一个角，后面的庭院、楼阁，娉婷莲步的妇人、长袍马褂瓜皮帽的男人就会哗啦啦钻出来。

东冶的东街是富人聚居的地方，似乎哪一处的宅基上都凝结着一抹粉色的祥云。从前严谨的四合院的轮廓，现在依稀还能看到。只是那种倒垂莲的升斗门楼，八十一道大泡钉铆就的朱漆门，青石镂空的狮子滚绣球，甚至辕门库门和马弄，一样样湮没在铝合金、塑钢门窗后面，一样样被鲜活的阳光折射得让人睁不开眼。

如果按古代的方位取名，东街应该算是青龙街。古语说："青龙者，东方甲乙木水银也，澄之不情，搅之不浊，近不可取，远不可舍，潜藏变化无尽，故言龙也。"此所谓膏腴天街，附凤盘龙。即使是今天，你一旦走进东街，仿佛一下子坠入历史暗河的漩涡里。样式新颖的钢筋水泥建筑迅速隐去，深宅邃宇的府第如同键盘敲上去的铅字，狷急地矗立在你面前，随着跟班一声"起"，一乘香藤软轿抬起来；随着轿夫一声"落"，一乘红泥小轿沉下去。陈腐的阳光剥落在青砖铺砌的街道上，来来往往的多是锦衣罗裳的乡绅、财主，或衣冠士子、阀阅名姝；间或有一两个青衣窄帽的小厮，清水梳头的丫鬟匆匆过去，也是一路香风淡荡。

每一串三进或四进的套院都俨然一个家族殷实富贵的标志。墙是白灰勾缝，青砖到顶，飞檐挑山；房是五脊六兽，前厅抱厦，鸱吻高张，鹿角连环……也许你上三辈的先人正手撩长袍的下摆，拾级而上呢，突然看见一个相熟的街坊从身后走过，略略停下拱手道个安；偶然看见谁家的老妈子或用人迎面走来，眼珠子就会飘上云彩去；如果碰巧看见的是回乡省亲的一品顶戴徐继畬呢？原本不卑不亢的先人会倒屣相迎，连迈几步罗圈腿，躬身倒地拜下去……

那时候，每一扇贴金的朱门里都蹲伏着一条垂着长舌的狗，每一处青砖灰瓦的四合套院里都演绎着一段鲜为人知的家常故事、鸡毛传奇。当然也有朱漆剥落、门庭冷落的，吱扭一声门轴响，会皱巴巴地挤出一个贼眉鼠眼的败家子，甚至流年不利血本无归的买卖人。

那时候的街巷里，植满了苍郁的梧桐树和五月槐，这里一株，那里一棵，青色的氤氲成为整条东街的主色调。佃户或长工每每踏上这条路，总觉得脚下虚虚的，没有踩实。可能一个不留意，就会招来一声呵斥，你得忙不迭地躲在一旁，你挡住人家的道儿了。你身旁就是海马石板浮雕飞凤祥云的照壁，你另一侧就是垂花歇顶的大门楼，门楣上镌刻着“衡门栖迟，惟吾德馨”的匾额，两旁各蹲一头向你张牙舞爪的石狮子，顶级的台阶远比你肩高。蓦然之间你会觉得离历史如此之近，历史的脉搏清晰可辨，似乎伸手即可触摸到教科书中的某一章节。转眼间光阴荏苒，历史早已定格在属于它的泛黄的底片上了，一任古人在风烟背后呻吟，慨叹，迷惘。

今夜，有谁在东街上怆然走过？残月下透过霓虹的光晕，寻找一段失落已久的浮华。

二

东街北侧有个陈家坡。

陈家坡往西是一条碎石墁铺的长街，这是东冶过去最繁华的商业中心。巷子不宽，悠长而笔直，却扎堆般排列着各式各样的商号店铺，迎风招展着各色各样的生意幌子，南北两侧的出檐几乎搭成了篷子。你姑且坐在一家临街的油条铺子前，放眼望去：客栈、米行、估衣铺、珠宝店、绸缎庄、南货铺、纸扎作坊、酒肆茶寮、当铺鼓班——那家是专销舒筋散的吕字两利堂药铺吧？那家是专供窑头炭的徐记炭厂吧（距此地不远的窑头山盛产焦煤，驮炭人将煤盘下山来，汇聚在炭厂，买炭的客户在炭厂可免费吃一顿丰盛的午餐：莜面饸饹浇羊肉臊子。）？那家肯定是元泰永钱庄了——光绪三十四年，署名五台县自治社的元泰永钱庄发行了一种彩票，票面上赫然印有“教育兴文”字样，并且广而告之秉公经理，昭告大众。中国的彩票业，在那个时候就已小成气候，东冶商人敢为天下先的胆略和魄力可窥一斑。而最要紧的是诚信，生性厚道的东冶人，从来都拿诚信当作经商的根本。

如是，逢二、逢五、逢八的集日，北街才会挤得水泄不通。无数的银圆从结实的褡裢里摸出来，叮当作响纳入三百六十行的钱柜里……毕竟，不会是皆大欢喜；毕竟，在繁华背后沉寂着大片破败凌乱的民宅，北街的商号并不属于北街的平头百姓。

三

你都无法相信，泾水与渭水是如此分明。

北街以北的蚰蜒巷里，长久萦回着哀声和叹息。头顶破毡帽，双手袖在飞着败絮的旧袄里，腰眼儿勒条布腰带的佃户们，偶尔从哪个断垣柴扉里踱出来，望望滞重的天色，拿不定主意是去借粮呢，还是去打短工呢？年关将近，面缸又见底了……

北街的地面总是干苦干苦的，就像长风刮过的天空，又像是崖头上被太阳经年曝晒的坨土，还像是穷怕了的主人一张贫血的脸。每一间椽头熏得乌黑的厢房里走出来的人们，不得不把命运托付给村北那片干涸的坡梁。

玉米、高粱、糜谷间生在野草里，苦苦地长，长出飞扬的胡须来，长出人生的干涩来。但被东街富翁们交口称赞的东冶秋黄的美景却年复一年地绰约在这片坡地上，成为狭隘地域的金字招牌。只有当秋黄变作枯萎时，北街的汉子们才开始谋算着走西口了。

今夜，有谁在北街上轻灵走过？一钩弯月陌生了昨日的饥馑和鹑衣百结。铮然一声丝弦，谁家的百叶窗里露出一张青春的笑靥。

四

总是一方水土养育一方人。

暴躁的滹沱河和文静的小银河交汇之处，撂下一大片肥沃的滩涂。东冶西街的村民多半在这块土地上以种菜为业。一辈又一辈，重复又重复。不好说从哪一辈论起，反正西街上最老最老的老人唠起西街的种菜史，总喜欢拈着胡须讲：原平、代州、定襄、忻州，哪疙瘩没吃过咱们东冶的大白菜、山药蛋？假使他愿意拿份山西地图来东指一气，西指一气，也没人提出异议。本来千百年前的事，谁也没经历过，好意思跟胡子一把、儿孙绕膝的老爷子较真儿？

细究东冶镇的菜园子，倒也壮观。晴空下，河湾里，绿油油的菜畦、瓜架覆盖了整个滩涂地。也不知是地脉好，还是手艺巧，种出来的蔬菜个顶个的硕大、水灵、有嚼头。菜出园，就要想法子卖出去。西街的菜农既是务菜的好把式，又是玩秤杆的行家里手。碗大的秤砣悬在秤杆上，巴巴地往里滑，远路风尘的贩子或乡民们莫不看在眼里，喜在心里，连伸大拇指夸东家性善，积德，好人有好报。

据老人们回忆，小银河边的白菜长起来足有多半人高，抱一颗走不出几步远，就想歇脚。驮菜的毛驴一次仅能驮走四兜。这是一个极限，想多运几颗，就是跟自家毛驴过不去。如果是夏天，菜园子简直就是一幅原汁原味的风景画，无须多加润色，它自身的着墨已恰到好，它自身的皴染已恰到好，它自身的经营构图也恰到好。

直到今天，这片土地仍然是享誉定南代北的蔬菜输出地。

于是，西街的菜园如同一幅绵延古今的绘画，既有唐宋的白描，也有明清的点簇，更多的是今天的抽象挥洒。着袍的画师消逝在苍翠里，西装革履的画工把天南地北的风格也一并糅进大幅的写意里。

五

一山有四季，十里不同天。这样的范围显然是大了点，东冶的南街就别具一格。

东冶北高南低的格局，为倾盆而泻的雨水找到最为合理的排泄途径。浑浊的雨水裹挟着满街的秽物，经过南街的水巷，滚滚注入滹沱河。过去，南街的老屋大多以条石为墙基，再砌以青砖。绿苔会从墙根一直爬上墙头。院子里的树木异常繁茂。房顶上有时也会生出胳膊粗的柳树来。整个夏天，南街都被一种濡湿浸泡着，潮潮的，黏黏的，充满了令人心滞的气息。

沱阳学堂曾是南街的名胜。几经辗转，最后迁至西稍门的灵应寺内，已不属于南街了。但是，南街毕竟是它的发祥地。上百年的历史积淀，已无法统计从这里走出去的学子，有过怎样翻天覆地的大作为了。

沱阳高小的一砖一瓦依稀记得他们灿烂的笑颜，南街西街的石板路依旧回响着他们坚实的脚步声。只是春草年年绿，王孙不见归。

今夜里南街的古人提褰着湿漉漉的袍襟，缥缈在滹沱河岸柳下，茫然四顾早已面目全非的老宅，一种怅惘抑或是错愕的表情，转瞬掠过古旧的容颜。

六

每一年的三月初八，是东冶例行的庙会。

三角楼的戏台上咿呀着戏装鲜亮的生、旦、净、末、丑；

三角楼的戏台下面攒动着万千的人头；三角楼的外面排满了各地赶野会的摊贩。定襄、盂县、崞阳的远客们也一样拥挤在东冶镇的人流里，热闹要看，东西要买，偶尔被人踩一脚，也要像自家门口受了欺负一样，理直气壮。东冶人枯燥贫乏的日子在这一天忽然变得有了声色，有了滋味，有了奔头。

但是，当年矗立三角楼的灵应寺坍了，真武庙也不见踪影，仅剩一座低矮的文昌庙。文昌庙里没有供奉大成至圣的先师孔子，而是一尊孤独的菩萨被时光搁置在阴影里，垂望着过路的香火。尽管东冶是五台山的门户，礼禅拜佛的僧侣信徒却很难在这里聆听到随风飘曳的晨钟暮鼓、梵唱呢喃，可能它太过喧闹和繁华，并不适宜参悟吧。

因了这方水土的灵性，因了这方百姓的质朴，我们更应该怜惜和厚爱这方土地的人文与地理的历史渊薮。

『逢墟切』是个美好的词

张冬娇

某日，我小学同学微信群里，有人喊了句“逢墟切（去）”，让大家怦然心动。突然觉得，逢墟切，这三个字，无限美好，令人向往。

记得小时候，农历三六九定为逢墟日。每到逢墟日，村里人都要着意打扮下，头发梳得溜溜光，衣裳穿得齐齐整。平时习惯打赤膊的男人，这时穿上了衬衫。有的女人还穿上了布鞋，脚上套着袜子。然后呼朋引伴，相邀逢墟切。

从村里去墟上，有大约三十分钟的路程。一路上，各村的人源源不断汇入人流中。提篮挑箩担着粪基。篮子、粪基里放着禽蛋、菜蔬和大豆等各种农副产品；箩筐里装满了谷和米，挑箩的人打着小飞脚，吱呀吱呀赶着路。还有人赶着猪牛，慢慢腾腾地摇着走。有人家的大闺女，打扮得漂漂亮亮，跟着父母去相亲，羞答答的，又喜悦又不安。有长得俊俏的媳妇姑娘，便成了大家目光的焦点。有男人戴着墨镜装酷，旁人便要戏谑他是“水老倌”。还有河那边的山里人，要起大早走几个小时的路程，赶去逢墟，山里的女人模样气质有点特别，皮肤白嫩，撑着小花伞，成了路上一道美丽的风景。

大家走着说着笑着，遇到熟人，前呼后喊，彼此开着俚俗的玩笑，不一会儿，就到了墟上。

墟场就是供销社前面的一个大坪， 排几排再绕几个弯。从墟口子上进去，农副产品、杂货铺、糖果铺、衣物、肉摊、豆腐摊、油煎粑粑、米店、木材场，五花八门，琳琅满目。一路慢慢游，慢慢看，瞧一瞧，摸一摸，问问价，还还价。“自家种的小白菜，新鲜着呢，您瞧瞧，能掐出水来，来两斤？”“正宗的土鸡蛋，自家养的鸡！”“卖豆腐，卖豆腐，来两块炒辣椒吃！”商贩的叫卖声此起彼伏，不绝于耳。

肯定会遇到亲戚朋友，老远就在喊，要打讲两句（聊天），有的干脆站在一边，陈谷子烂芝麻的事说个够。后面的不小心踩了前面的脚，前面的就开骂几句，没长眼是不？后面的回应几句，你才不长眼呢，我又不是故意的，旁人立即劝解，算了算了。整个墟场熙熙攘攘，好不热闹。

手里的货卖出去了，换了钱，砍点肉，买点豆腐、油盐，不忘了买点糖果糕点哄哄孩子，扯点布回去做衣裳。说媒的联系相亲的双方见面了，丢下两个年轻人边走边聊，男的如果中意了，就会在摊上买点水果送给女方，女方如果接受了，就有戏了。然后择个吉日，定下亲事，过个一年半载，新娘子就可以接过去了。

转了两圈，该卖的卖了，该买的也买了。走累了，口也渴了，肚子也咕咕叫了。出墟口子上，正好有小吃点。一个大棚子下，摆了几张桌子，老板娘前前后后招呼不停。女人们围在一起带着孩子，吃点水粉或米豆腐，那米豆腐辣辣的，有点香，有点甜，既解渴，又能填满肚子。男的呢，喜欢就凑在一起，喝点本地的黄米酒，歇歇气，开点玩笑，过个嘴巴瘾。

酒满意足，看看日头当顶，该回去了。下墟还来吧，还来，好，还一起喝酒打讲。

村里的人家，比往日气氛热闹多了，桌上菜丰富了，孩子们的零食多了，村里的笑声比往时也多了。

如今，家乡的逢墟日还是三六九，只是只剩下几个老人走路了——年轻人大多骑车或开车，路上不断出现三层小洋房。墟场比以前宽而长，物产更丰富，种类更齐全，需要的东西应有尽有。“逢墟切”，三个字，还是让人觉得无限美好而令人向往。

衣缘

张冬娇

与一件衣服的缘分，仿佛早就注定，它窝在一家店铺的橱窗或角落里，散发着和你一样的气息、气质和气场。而你，为了某事或只是闲逛，注定要经过那里，匆匆一瞥间，相同的频道，遥遥相吸，脚步忍不住近前，近前，仔细端详，眼里爆出火花，一试，再试，每个细节都尽如人意，仿佛天生就为了你定做的，不经意间得来心仪的衣服，让你欣喜若狂。从此，它与你相依相偎，让一个个日子美丽动人，绚烂多姿。

有时，为了赴它的约，你不辞辛劳，一家一家店铺，一件一件衣服，转过一条街，又钻进一条巷，用目光丈量思索。终于找到了它，真是踏破铁鞋无觅处，蓦然回首间，它在众衣间朝着你微笑。难怪张爱玲说，多数女人选择丈夫远不及选择帽子一般的聚精会神，慎重考虑。再没有心肝的女子说起她去年那件织锦缎夹袍的时候，也是一往情深的。她的话简直是毒药。

有时，众里寻它千百度，也寻不着。腿酸了，眼花了，头晕了，可实在不甘心，勉强买下一件过得去的衣物，也算不辜负这趟辛苦。或者仅仅是凭着一刹那的感觉，便买下来了。

与一件衣物的缘分，也是有深浅之分的。勉强得来的，终究不如意，穿过一两次后便沉入箱底；凭感觉得来的，时间、地点、心情一变，那种感觉便失去了。一些时日后，这些缘浅的衣服再送出去与他人结缘。

而那些对上脾性的衣服，不管是轻易得来的还是费尽心思淘来的，在你心里，一样重千金，甚至容易到手的，更让你欣喜万分，得意不止。“云想衣裳花想容”，穿上对上号的衣服，它能衬托你的秉性和气质，让你倍增魅力和风采。

学生时代，曾经那样爱惜过一件新衣服。怕磨损袖口而悬起手来看书写字；坐下后担心膝盖弯曲弄皱裤子，而让两腿伸直；每天晚上，脱下衣服裤子整整齐齐叠好，压在枕头下。如今，依然保持爱惜衣服的习惯，害怕肥皂伤衣而用香皂洗；宁愿手洗也不愿衣服受到洗衣机反复的搅拌。衣服也是有灵性的，保养好的衣服时穿时新，永远给主人崭新的面貌。

穿得时间久了，衣服便着上了主人的特质，有了灵魂和生命。一件一件衣服，挂着或躺着，一笑一颦，举手投足间，那风度那气质仿佛就是第二个主人。深夜，与一件衣服对视，彼此惺惺相惜，依依难舍。只可惜，再怎么珍惜和保养，衣服会旧人会老，衣柜里的陈年旧衣要一批一批地清理，大浪淘沙后，还是有那么几件不忍丢弃，值得一辈子珍藏。

说来有趣，我的衣柜里珍藏最多的衣服，大多是十几年前亲自挑选布料再设计定做的几件旗袍。并排的布纽扣，微喇的袖口，长及脚踝的裙裾，那些年，穿上它们——这个世上独一无二的旗袍，艳羡了多少人？可再怎么羡慕也无从买到，那感觉真是惬意。也许是因为从布料的选择到款式的设计，花了不少心思，十几年后的今天它们依然鲜妍明媚，款式依然新颖别致，不久前穿上它们，领略往日风采，别有一番滋味在心头。

一件衣服代表着一个年代的美丽，抚摸一件件衣服，仿佛抚摸那一段段美好的岁月。人生在世，相知有几？而能与衣履相亲，于尘世中也是一抹温暖吧。

筷子

陈理华

据说中国人在商周时期就开始用筷子了，可以说筷子文化是源远流长的。它不仅仅是吃饭的工具，虽然看起来简单，其实却有着深远的文化习俗和象征意义。

筷子在民俗中是与一些相应的仪式相融在一起的。在闽北，筷子的民俗主要表现在婚俗、上梁、葬礼等重要活动中。

在喜气洋洋的婚礼中，筷子第一次隆重出场是在新娘子梳妆时。当新娘子还在闺房里为自己换嫁衣时，家族中年老又有福气的妇人就开始在大厅的供桌边着手装一个聚宝甑了。聚宝甑装好后就放在供桌的正中央。这供桌上的聚宝甑是什么呢？它是一个装满了大米的斗，然后用十双筷子沿斗的内沿，按一定的距离插进去。插好筷子后，在每双筷子的腰部用五彩线（也就是五子线）按压的方法缠上两圈。这五子线是取"五子登科"的吉祥之意，也就是希望新娘子将来生的孩子个个能出人头地。十双筷子则代表着十全十美，用五彩线缠在一起，也表示着新娘子到新家后，要团结自己的亲戚朋友和左邻右舍。

聚宝甑的每双筷子上还要挂一些首饰。有金戒指、银戒指、手镯等。家里没有那么多就到村子里的人家去借一些来用。斗的中间还要插上新娘子用的各色头花、发簪、尺子、剪刀，这些东西里，最美的就是龙头簪与步摇了。整个聚宝甑给人一种珠光宝气、富丽堂皇的感觉。这样的聚宝甑在村民为新房子上梁时也会用到，他们说聚宝甑有着聚八方之财的寓意。

筷子在婚礼中的第二次出场，是和一碗线面煮蛋一起被一个精致的托盘托着，由厨师双手举到眉头高，端来放在大厅的圆桌上。那是一双朱红色的新筷子，静静地放在碗边，红得可爱而喜庆。这里的一双红筷子：一则代表着新娘子将来的生活红红火火；二是希望夫妻二人能成双成对、和和睦睦、恩恩爱爱地白头偕老。在“交面奶”（即给新娘子梳妆的人）梳完妆后。“交面奶”拿起红筷子，夹上几根线面放入新娘子口中，嘴里说着：“吃了头发胡须白（长命百岁的意思）。”

新娘子在婆家人的搀扶下走进大厅时，那里的供桌上也要有一个聚宝甑放在那儿。新娘子在拜祖宗时也等同是在拜聚宝甑。当大家看着新娘子拜天地后，就拥向了让人期待已久的酒席上。新娘子桌上的筷子也是要吉利的朱红色的。

到了晚上，别的地方是喝交杯酒，闽北是吃线面、蛋和一个手榴弹一样卧在线面上的鸡腿。这时的筷子自然是两双，也是新的、红色的。

若是婆家兄弟多，要分家，在我们这里叫作分火。娘家的父母或兄弟就要送上碗与筷子，碗要两桌，筷子也一样要二十双。有钱人家送的是金筷、银筷或象牙筷，平常人家就送竹木筷。

两年前某村有个老人，还保留着父辈分火时保留的两副象牙筷。后来卖了一副，得款十八万……

筷子在喜事中常用红色，白色的不能用，若用了会被认为是不吉利。当然若是丧事，所用的筷子就要白色或原色的。另外，丧事中也要有一个聚宝甑，也是装满米，筷子与筷子之间也用五子线缠住，但筷子上不挂金银珠宝，只在聚宝甑里面插上人偶、尺子、剪刀。这里的尺子、剪刀是起着镇邪作用的。在给故去的亲人盛饭时，在饭尖上一定要插上一双筷子。

筷子还有许多习俗，比如过年时，家里一定要添碗加筷。代表着在新的一年里人丁兴旺；桌子上吃饭时，不能拿筷子对着别人说话，尤其是在招待客人时。若是这样做了，会被说成是没教养。

有关筷子的民俗还很多，比如客人来了，除了给他端饭，也要记得拿一双筷子，以表示对客人的尊重；给病人熬药，熬好后，要在碗上放一双筷子，据说有筷子压着药性才不会跑掉……

扁担

陈理华

在过去，扁担主要是用来挑东西的，如果没有扁担，农人怎么把井水、河水、深山里的柴草、田野上的粮食弄回家呢？农家的生活是靠扁担挑起来的，故而，在农村，家家户户都有几根扁担。

在闽北，扁担分木质和竹质两种。木质的扁担首选坚韧且富有弹性的柞木，像质地柔软的松木就不适合作为材料。柞木做的扁担，挑起东西来会随着脚步的移动产生微弱的弹力，如此就不至于让扁担死死压在肩上。

木扁担一般是把一根木头从中间剖开，两头削小些，然后把整条扁担削磨得光滑些，有的人还会在扁担头往里约五寸的地方，两边各砍进一两厘米的坎，这样挂在上面的绳子就不会脱落下来。这样的木质扁担我们也叫作“柴扁担”。柴扁担是力气大的人才用，一般人不用这种笨重且做工较难的扁担。

弹性十足的毛竹是做扁担的最好选料之一，特别是要选用第二年的竹子，太老或太嫩都不行。选材时还要看竹节，不松不密的才是上好的。竹子砍下来后，除去头尾，取中间一段破成两半，稍微削一下就成。为什么要选中间的呢？因为竹子根部的竹节太密，也比较坚硬，不宜做扁担；尾部的竹节太松，竹质也更柔软，做扁担用，就有断了或裂了的可能。

竹扁担中一种叫钩鼻子扁担的，制作时一头要多留五六寸的竹条，用火对着竹青的一面烧，让它向上弯曲成七十度左右，然后用一根绳子或篾条将其捆绑几天，让其固定下来，过几天就把多余的竹条锯掉，剩下二寸左右的长度，就是一根钩鼻子扁担了。这样的扁担去打柴时，可把两个柴架钩在一起放在肩膀的后面，无论你往哪里走，都不用担心钩在身后的东西会掉了。

有一种很简单的扁担，就是用一根刀柄粗细的原木，只把两头削得尖尖的即可。它特别长，有八九尺，专门用来挑大捆的稻草、豆萁之类的东西，这种扁担我们叫它“串担”。

一般来说，扁担最多长五尺，宽三到四寸。扁担的大小也因人而异，男人用的大而粗，女人用的则相对小巧一些，孩子们用的则更精致一点。

记得父亲有过一根木扁担，因被汗水浸染，油光光的，几乎可以照见人。有一天父亲负着两百多斤的重担，那扁担不堪重负“咔嚓”一声拦腰折断。后来，家里就再也没用过木扁担了。也不知是父亲对这根扁担有着深深的感情，还是因为年纪大了，力气不如从前，就没有再去削木扁担了。

在农村的生活中，一年四季都离不开扁担。在乡村的道路上，经常能看到挑着扁担的村民，扁担上负载着柴草、谷物、秧苗或小孩。乡下人走亲戚或赶集时，就喜欢用两个小箩筐，一头是物，一头是孩子。扁担吱呀的响声和着孩子咿咿呀呀的叫声，那是一曲最动听的乡村音乐，有点像民间传说中牛郎用扁担挑着一双儿女的模样。

在古代文学作品里也常有扁担出现，如三国里的刘备去卖草鞋时就是用扁担挑去的；《水浒传》里武大郎也是用扁担挑着炊饼去卖……

八岁那年，我与同龄的伙伴一起上山打柴，为此父亲专门为我做了一根竹扁担，并配了一对小小的柴架，柴架也做得大小合适。这根扁担跟着我上山打柴，下地挑猪草，平日里几乎离不开它。扁担极美观，两端窄中间宽，挑出去时，没有人能比得上它。

扁担虽做得很好，但第一次打柴时，挑得虽不重，肩头却被那根扁担压得生痛。挑上柴的扁担与我的肩膀怎么也合不成拍，不是往前倾就是向后倒，有几次还想从我的肩头上滑落，更别说能像其他伙伴那样，让扁担在肩头颤起来。

回来时我就生气地向父亲发牢骚说，扁担不好用。父亲听后对我说："多挑几次扁担就会听你的话了。你在挑担时，不要去管它有多重，也不要在意扁担有多沉，只要挺直腰，找到扁担的重心，起步、落步时让扁担自然地坠弯……"果然，自此之后那扁担便老实听话了，有时不用手扶我也能走上好几步路。

挑着一队柴草担子的小伙伴行走在弯弯曲曲的小路上，像一群张开翅膀的小天使。秋天的田野上，收工后人人肩上都担着重担，一根扁担的两端装得尖尖满满的箩筐，就像载着两座能移动的小金山。老井旁也站满了担水的乡亲，一根根扁担两头挂着的是一桶满满的清水和一轮红红的日头，挑起来，扁担在人们的肩上悠着，并发出欢快的咯吱响声，不时有太满的水溢出来，洒得一地都是！乡村的所有日子都在一根扁担里轻盈而有节奏地起伏着。

扁担在乡村也有许多的忌讳。有些讲究的人在砍毛竹或树木前，还要看看黄道吉日，砍回来后，不能随意地丢在地上，要靠在墙上，或将一头放在木马上。

做成扁担后，也不能随便地乱丢。老人们说，乱丢扁担，是对扁担不敬，扁担用过之后，得挂起来，或是靠在墙壁上。还有一个忌讳就是女人不能从别人的扁担上跨过，说是这样会把霉运带给扁担的主人。在路上或田埂上看到横着的扁担，女人一定要避开，若不小心跨过人家的扁担，人家会不高兴，说你心黑。当然，这些都是旧时迷信的说法。

扁担赤条条一根，横竖都是一，但一挑在肩膀上，它就成了一个“大”字。它是农具里最“大”的工具！它朴素简单的性格和忍辱负重的精神，为乡民们挑起了希望，挑起了未来……

草鞋的编制

陈理华

草鞋最早的名字叫“扉”，相传为黄帝的臣子不则所创造，在汉代称为“不借”。由于草鞋以草作材料，非常经济实惠。一直以来，家家户户的妇女都能编织，甚至有一些男人也掌握着这项绝活，把草鞋编得结实而厚重。

古代的侠客、隐士似乎以穿草鞋为时髦，《三国演义》中的刘皇叔就是靠卖草鞋起家的。如今我们从一些文字中读到穿着草鞋的大侠或隐士，觉得他们十分飘逸、洒脱、超然。但现实中，穿草鞋一点也不舒服，人们以穿布鞋为荣，只有贫穷才会不得已穿上。

旧时的男女老少，无论是下地干活，还是上山砍柴、采药、狩猎等，都穿草鞋，草鞋透气、轻便、防滑，而且十分廉价。但雨天一般不穿，雨天穿草鞋容易使草鞋霉烂。因为稻草怕水，若是不小心把草鞋弄湿，回到家里就要马上换下，拿到水沟处，轻轻拍去草鞋上的泥沙，拍净后沥干水，挂在阴凉通风处晾干，天晴了就放在太阳下晒干。

生活艰难的山村女子赶墟或走亲戚时，会在走路时穿草鞋，等到快到墟上或亲戚家时，就会在村子外把草鞋脱下，换上布鞋……回去时再如法炮制把布鞋换下，穿上草鞋。

在山村，土工抬棺材时一定要脚穿草鞋，但在坟地上，他们要换上布鞋才能回来。

在闽北，稻草是最普遍地用于编草鞋的材料，也有用麦秸或到山上峭壁的岩石上采一种叫岩草的草来编的，这种草韧性好，相当于东北的乌拉草，比起稻草来要更柔软、耐穿，但因这种草量少，且不易采摘，一般人不会用到它。也有的人家会在春天里砍下还未完全成熟的毛竹，破成又薄又细的竹丝，放锅里煮一阵子后，一部分用于端午节包粽子，一部分用来掺到稻草里编草鞋。当然，用稻草编草鞋也是有讲究的，首先稻草要越长越好，要用糯谷的稻草，这种稻草比别的稻草更具韧性，也更适合做草鞋用。

秋天，稻子收割后，就要开始为草鞋选料了。用来做草鞋的稻草要从田里挑回家，中途不能让雨淋，然后将其晒干。一切准备好了后，家里的女性就开始着手编草鞋了。稻草选好后先放在天井边或大门口的青石板上，用棒槌敲打，敲打稻草也是一项技术活，敲重了，有可能就把稻草打烂了，敲轻了就没有什么效果。只要有一家开始敲稻草，附近的几户人家都能听得到那有点沉重的咚咚声。

当把稻草敲得非常柔软后，得先搓成粗细得当的绳子。接着用绳子和稻草开始编织，编草鞋时需要一个长方形的木墩，要有一定的重量和分量，这样用起来才能得心应手。木墩上钉着几个木齿，草鞋的大小都由这几个木齿来决定。

编时把搓好的草绳固定在最中间的木齿上，草绳的一头绑在编草鞋人腰间的一根被弯成弧形的木棍上。这木棍的两头系着麻绳，这样就可把木棍绑在腰间，样子有些像古代官员的腰带。

编草鞋是从草鞋的鼻子编起，一次拿三到四根稻草，蘸下水，再轻轻地搓它一下，然后挽在绳子上，进行编。一双手不停地搓、挽、编，一直编到脚后跟才收工。编好的草鞋没有左右脚之分，穿的时候可以随便穿，不会有穿错脚的尴尬。等到将草鞋穿上草绳后，一双草鞋就算完成了。一双优质的草鞋拿在手上会让人感到厚重、结实，看不出突起的草头。那些鞋底松散、有较大缝隙、鞋绳不匀称的被看作是次品。出售时，人们用一根长长的草绳把草鞋穿在一起，扎成大大的球状，用扁担挑到集市上去卖。

细心的妇女在编男人的草鞋时会在脚跟和前掌处加上些许竹丝或苎麻，男人干的都是重体力活，这样草鞋就不会那么容易坏。编女人或小孩的草鞋时，会在容易磨损的地方加上一些布条，用来保护草鞋主人的脚。那个年代，布条是很金贵的，所以只用在女人或小孩的草鞋上。

草鞋编完后，一双双面对面地捆在一起，挂在墙壁上、梁柱上，这样是为了防止草鞋变霉。还有一点就是向左邻右舍炫耀，谁来家里串门或走亲戚，一进家门时就可望见那捆在一起的金黄色的草鞋，让客人一眼就能看出主人手艺之高超。

草鞋作为日常生活和劳动中的特殊标记，已经渐渐淡出人们的视野。如今，村子里只有四十岁以上的人才会编草鞋，四十岁以下的已经没有人会做这项手工活了，眼看这项手艺就要面临失传的窘况了。

做酱油

陈理华

农耕社会里的人是真正会居家过日子的，很多事情都是自己完成的。如棉花自己种，线自己纺，布自己织，衣服鞋子自己做，连酱油这样的调味品也是自家做的。虽然如今自己做酱油的渐渐少了，但在小湖下乾一带还有人自己做酱油吃，甚至有一家老字号的小店每年还会将很多酱油卖给外乡人呢。

做酱油一般是从热气腾腾的大伏天开始。首先是蒸豆。将酿制酱油用的上好的黄豆先放入水中浸泡，让黄豆中的蛋白质吸足水分，以豆皮起皱为度。然后捞起来沥过水，再倒入蒸笼或饭甑里用大火蒸熟，直蒸得热气腾腾，豆香四溢。

接着便是发酵过程。待蒸熟的黄豆冷却后，把它摊于竹篱上，放到一间密封的室内发酵。温度要控制在三十七度以上，若室温不够，可加炭火提高温度。发酵三天后要翻动一次，使其发酵均匀，发酵时间一般为六天。发酵过的黄豆，表面会出现黄绿色的曲霉和酵母菌。这时，取出黄豆倒入干净的缸内，按一百千克黄豆加清水四十千克的比例添加清水并搅拌，使其吸足水分。然后装入竹筐内，沥去余水，上面加盖棉布，放在室内继续发酵，当手插进豆内有热感，鼻闻时有酱油香味时即可。

然后是酿制的过程。将发酵好的黄豆再次装入缸内，缸口要密封好才能进行酿制。酿制配方为：黄豆一百千克、食盐三十千克、清水四十千克。把黄豆全装进缸内后，最上层还要铺一些食盐用以防止霉变，最后盖上盖儿，用纸或箬叶外加黄泥巴封好。如此这些豆子和盐就躲在暗无天日的缸里偷偷地酿制着美味的酱油了。

经过一个月左右的酿制，到了出油的时候，将密封的纸撕开，这时闻到的就是浓浓的酱香了。再将盐水（一百千克清水加十七千克食盐）冲进缸内，在小筐底部铺一层纱布，筐下放一口缸或一张盆，再把酿制好的酱和水舀入小筐，沥下的就是浓浓的酱油了。这样的酱油其实就可以吃了，但为了口感更好些，还要加入些糖浆。每一百千克食糖兑上四千克清水，加上些荷叶，用旺火煮至色泽乌黑，待冷却后加入。千万别以为这样就大功告成了，做好了这一切后，还要晒酱油。

将装酱油的缸移到毒辣辣的日光下曝晒，这酱油缸大多放在被称为禾坪的地方晒。时间为十几天，遇雨天要盖起来。直到酱油晒得红红的，飘出缕缕酱香味儿，酱缸里的酱油就可以开始灌瓶了。

这时秋风也起了，豆酱也会舀起来装好，在此后的日子里，新鲜的豆酱就成了家里饭桌上的看桌菜，要吃时装上一小碗，加辣椒、葱头，再加点肉丁去煮一下，放在饭桌上慢慢地吃，美味无比。

而那些黄豆酱油则被装在玻璃瓶子里，呈琥珀色，煮菜时加上那么一点，顿时能让不起眼的菜活色生香起来。

麦秸扇的编法

陈理华

夏季将至时，商店里的扇子也慢慢开始上架，但大家往往都不会去买，并不是买不起，只是当农人们一看到成片的麦田里麦浪滚滚时，就好像看到上天赠予的凉爽的扇子了。

麦收后，被打去了麦子的麦秸就会被一大捆、一大捆地捆起来，小山样的大捆麦秸被长长的串担挑回家。

晚上，一盏昏暗的煤油灯下，家里的妇女和小孩就在那儿忙着把麦秆最上端的麦秸用剪刀节节剪下，再剪去麦穗头。剪下的麦秸秆，一尺多长，被一小捆、一小捆地绑扎起来，挂在通风处晾干，以防发霉。这些一根根如银针一样白的麦秸秆就是用来编麦秸扇的。

编麦秸扇说简单也简单，说难也难。编时要用两根细细的竹扦子固定其宽度。扇辫子编长了一段，就得小心地把那两根在辫子的竹扦子拉上来一些。如此反复，直到把扇辫子编完，才会把那竹扦子去掉。打辫子的方法与女人梳辫子一样，成人字形，编到竹扦子处绕过竹扦子回头。麦秸扇常用五根麦秸和七根麦秸来编，但有的人为了好看，不怕麻烦地用到九根麦秸。麦秸用得越多根，其扇辫子就越精致、厚实。

麦秸辫打长了就卷成一卷，中间留有一个小洞洞，从里面穿一根麦秸或是线头，将其绑住，免得散开。

然后的工序就是缝扇子，这时一般选用苎麻做成的线。这线一来比较牢固，二来其颜色也与麦秸辫差不多，做起来的扇子美观大方。

开始做时，要把麦秸辫的头往里轻轻一折，再沿着那个折头打上一小圈，把头盖住。然后用针密密地缝去，缝完这圈，把麦秸辫沿着原来的圈再打上一圈。如此，一直缝到你认为扇面够大时，再把麦秸辫头收到钉扇柄处，这样一把麦秸扇面就完成了。有的人会在钉扇柄的地方把每圈的麦秸辫多叠些进去，这样的扇子做出来就是椭圆形的或桃形的。

接下来是做扇心。扇心用的是小块的布头，有人还会在一块布上画上一个圆圈，再用彩线绣上各种花草。常绣的是石榴、荷花和梅花。

绣好花后，就沿着那个圆剪下，把边往里冒进些，然后开始锁边。边锁好后，还要沿着边绣上一圈的花边。扇心做好后再做扇托，扇托的样子像月牙或等腰梯形，两寸左右。一般会在上面绣些可爱的小草，有时也会绣上一朵一朵小花儿。扇托也要收边，边上也要绣花，扇托和扇心一样要做两个。

有不爱绣花的，就把各色布剪成三角或其他形状，很艺术地用线拼接起来，这样做成的扇心也很漂亮美观。

将做好的扇心和扇托缝到相应的地方后，就要开始做扇柄了。扇柄用的是毛竹片，宽约一寸，长约一尺。扇柄的两头要削得圆润，钉时扇柄要高出扇准心约一厘米，在正扇心处往柄的两边轻轻地砍进一个坎，这样缝扇柄时就往这地方缝线。做了这一切后，从中间破开到扇面的半圆处，用柄夹住扇面开始钉。

在扇底的扇托处也要这样砍两个小坎，再用线缝好。这时，一把古朴又美观的扇子就做好了。

当然，村妇不仅仅做麦秸扇，她们还会做棕扇。做棕扇的时节是在春天，也就是棕叶子刚长出一尺余长时，趁其未老，还未完全张开，将棕叶砍下后，放在锅里煮熟，然后挂起来晾干。要做扇子时，再把这棕叶拿来，剥去外面一层的皮，把里面的棕叶一片片撕下来，扯去叶片边上那根硬硬的梗。再把叶片用锥子撕成一条条的，用来编扇辫。其他的做法与麦秸扇相同，就不再一一描述了。

夏日炎炎，酷暑难耐时，农家妇女也是闲不住的，大家手头各拿有一把麦秸扇坐在青石板做成的台阶上，摇将起来，用以驱暑纳凉，自然也少不了东家长，西家短。闲谈中，听到了许多奇闻逸事，或是说到好玩的话题时，咯咯咯的笑声便漾开来，村庄的上空几乎都被笑声铺满。尤其是在仲夏日的晚上，做完农活后，大男人们聚在一起，麦秸扇一摇一摇，红红的烟头儿在深蓝色的夜空下也诗意地起起落落，借着凉凉的风，他们在那里共话桑麻。圆圆的扇子在月光下一闪一闪的，像蝴蝶的翅膀，又像盛开在风中的花朵。

只可惜，随着社会的发展，人们的生活也悄悄地发生了变化。麦秸扇也在我们的生活中渐渐淡出，取而代之的是电风扇、空调，偶尔在商店能看到些扇子，也是被制作成了精美的工艺品，被人束之高阁。人们再也不用亲手做扇子，摇扇子了……

但我还是很怀念从前老老少少的女人们，或挤在一个大厅里，或参差不齐地坐在青石板的台阶上，用一双双巧手编着扇辫，削着扇柄；要不就是大家聚在村尾的亭子里，有的在做扇心，有的在缝扇托，那份恬淡与悠闲，是平淡无奇的农家生活的点缀，指指点点里还总有些让人预料不到的收获，因为不知不觉间，又偷学到了别人的手艺！

晒谷席的制作

陈理华

从前，农村里每家每户都有几张晒谷席。当金风吹开了野菊，吹黄了树上的叶子时，田野里的庄稼也就顺理成章地熟透了……

忙忙碌碌的秋收中，一直被放在墙角的晒谷席开始被驮到禾坪上，一领领地铺开，这一铺就铺出了人们的幸福与满足。大家把从田地里收割来的金黄金黄的稻谷倒在谷席上，用禾耙均匀地耙开，摆成一块块整齐的长方形，就像七仙女下凡时带来的云彩。那竹子做的晒谷席转眼间就在晒场上幻化出了一片金光灿烂的新天地。看着晒场上一片醉人的金黄，闻着扑鼻的麦香，喜悦自然就爬上了眉梢，这时节，总让人心驰神往。

晒到中午时，是要去翻翻谷子的，掀起席子的一角，谷子自是被掀过一半，然后再对角折过去，谷子隆起时就变化出一个精美的菱形，然后再用谷耙把谷子摊开，这样就翻晒好了。一卷卷谷席卷起放下，如一道道帆在细浪中航行，又如古朴山村的小调，看着还有点温馨、幸福呢。

到了夕阳西下时，妇女们开始去收这些谷物了，那又是另一番景象。只见一个身姿婀娜的妇人，弯下腰，伸出手，把谷席一头的竹节拿起，随着妇人的手越提越高，那谷席的半边就向内卷了起来，随着四个角都被卷了一遍后，原先平铺在那里的谷物被集中起来，如马王堆里出土的金块，等着被主人收到箩筐里去。谷席上的谷物被收净后，妇人会蹲下伸手将谷席从这头向着那头飞快地卷去，整个人也跟着谷席往前而去，卷好后，把原先就捆在席子正当中的麻绳，拦腰一绑，竖将起来。晒谷席卷起来时就像一门大炮筒，约六七斤重，一般都将它驮到屋檐下放置。用竹席晒谷不仅干净，而且有着别具一格的风情。

但随着社会的发展，从前的禾坪变成了水泥坪，晒谷再也不需晒谷席了。那些曾经的晒谷席已经退到了历史的角落里，很难找到它们的身影了……

晒谷席的制作要经过砍毛竹、劈毛竹、破篾、编织、收口五道工序来完成。

在闽北山林里，到处都是郁郁葱葱的毛竹，农人们也就因地制宜，将晒谷席都用毛竹来编织了。等到要做篾时，家里的男人会拿着砍刀到竹山上砍下一两株。毛竹的选材也是有讲究的，一般以两到三年的毛竹为佳。这是因为当年生长出的毛竹太嫩，做出来的晒谷席不耐用，容易破损；三年以上的毛竹又太老，缺少弹性和柔韧性，破篾和编织时易断，易裂开。

男人将砍下的毛竹劈去枝叶，斩去竹尾后驮回家。先用米尺量出要做的晒谷席的长度，再依尺寸（一领晒谷席一般是宽三米左右，长五米左右）锯断。锯断后的毛竹用刀锋在每个竹节处刮一圈，这是为了将节上突起部位刮平。

劈毛竹，也叫破竹，即把锯好的毛竹对半劈开。劈竹时拿起毛竹的大头，竹尾一段还放在地面上，破竹人左手托住毛竹，右手拿刀，一刀砍在毛竹头上，再用一根木棒敲打刀背。

待毛竹裂开一段后将它放在地上，一只脚踩在破开的毛竹片上，一双手掀起毛竹的另一片，用力一提，节节裂开的毛竹，会发出啪啪的声响，那奇特的声音，会把鸟雀吓得惊慌失措地飞向村后的山林。毛竹节所发出的啪啪响声，像放鞭炮一样，据说鞭炮就是由破竹而来的。

将破成两半的竹子，拿起一半来，再依法破成两半，然后按要求的宽度再把竹子破成小条条的竹条。破好的竹条，先除去竹虎，竹虎就是竹子里层的竹黄。竹黄是不能用来做篾的，从前村民把它一捆捆地捆起来，放在那儿晒，干了后，把它当作柴草来烧，或是放在马桶边，拗一段用来擦屁股。

去掉竹虎后，就要开始破篾了。破篾是一项技术活，篾刀一定要锋利，握竹条的手要松紧有度，拿刀的手要稳和准。刀若不稳或不准，破出来的篾不是厚薄不均，就是会在当中破断。

破篾时手握在竹片头约两寸的地方，手拿篾刀，对准竹条头，将刀吃进竹条子里去，然后将握刀的手退向刀柄处，把竹青那一层破开来。当篾头破出五六寸时，上层的一片篾就用牙齿咬着，并用点力，让手里的刀将篾拉开。然后，握竹条的手和咬竹篾的嘴，配合着握着篾刀的手，就这样沿着竹子的纹路一路破将下去。随着手与刀的前行，当篾达到一定长度时，嘴里咬着的篾就要松开，咬向下一段，如此反复，直到一条篾破完。

第一层篾青破起来后，再接着破第二层、第三层。一般来说，做晒谷席时，一根竹条破到三片篾就行了。破好的竹篾，一条条的要放在钉在板凳上的过刀上过一次（过刀是一种固定在板凳一头上的两把刀，各宽约一寸，长约两寸，刀锋相对，呈八字形的刀），把某些特别锋利的边削得圆润些，并把过宽的部分削除，这样过完篾刀的篾条宽窄均匀，编织时不容易刺破手指。如此，编织起来的晒谷席才会交压得紧凑，平整到密不通风，且结实、耐用、美观。

破好篾条后，用手将十几条篾条抓住一头用力地抖甩几下，把竹条抖活后，再将篾条圈成圈，放到水里浸一会儿，用以增强弹性和柔韧性，如此，生硬的篾片会变得柔软，更好编织。浸过水的篾捞起后，抖直，挂在柱子的钉子上，等待着编织。

编织时，先将晒谷席的经线一条条地平铺在平整的地上，然后编上纬线。一般来说都是采用压二挑二的编制方法，在拾取经篾时，篾匠整个人蹲在地上，一只手取经篾，一只手握篾尺，那篾尺随着插进拾取的经篾里。当全部的经篾取完后，送入纬篾一条，随即抽出篾尺，再用篾尺将纬篾打紧。而后又用同样的方法拾取经篾，这次所拾取的经篾与前次相比在横向上要移动一根篾的位置。这样每编织四根纬篾，经篾所拾取的位置就需要移动四根篾而回到原来的位置，如此循环就能编出压二挑二的人字形花纹晒谷席。

整条晒谷席编好后，就开始收边，收边时要将席子翻一圈，正面朝下，反面朝上，先在谷席的两边各放一条细棕绳，等着用篾头埋进。细棕绳放好后，将那些做纬篾的头弯过来包住棕绳，而后把篾头插进篾席的人字纹理中，把那条棕绳包得严严实实的，这样晒谷席的边也就收好了。晒谷席边包好棕绳后，一来在卷席子时更有弹性，不至于把篾席折断；二来也让席子更耐用。

晒谷席的边收好后，就要着手收晒谷席的两头了，谷席两头不需要埋细绳。先将那些篾头插入谷席的纹里，再找来两根刀柄粗的毛竹，截取长度比晒谷席的宽度长一尺，破成两半，两头各留出五寸。再用细绳在每隔四五寸的地方扎上一次，将谷席头扎得紧紧的。最后在晒谷席的正中间留下两段长一尺多的棕绳。晒谷席不用时，就可以卷成一筒，用晒谷席头上系着的两根绳子将整床晒谷席捆紧。晒谷席两头各留出的五寸竹子，一是为了搬拿晒谷席时更加方便，二是晒谷席靠在墙上或壁上时，有这两根竹子做谷席的脚，这算遇上再潮的梅雨天，谷席也不会发霉变坏。

手艺好的人从破篾到编织一天就能完成，可是现在，这种祖先流传下来的手艺，因为人们不需要它了，就被岁月给淡忘了。一种农具一旦失去它的作用，谁还会花时间去做呢？所以现在除了老一辈的人，年轻一代几乎没有人会做谷席了。

竹篮制作技艺

陈理华

竹篮是一种最常见的家庭用品，主要是用来盛放物品的。闽北竹多，劳动人民以竹为原料，制作出式样各异、功能完备、用途广泛的竹篮。竹篮制作是在父子相承、师徒相授的传统学艺方式中历经千年的传承，逐渐发展起来的。竹篮是民间习以为常的普通用具，即一只普通的竹篮，也往往集多种功能于一身。

竹篮种类繁多，有担篮、箩篮、鱼篮、蟮鳅篮、捡螺篮、菜篮、淘米篮、布篮、摇篮、女红篮、香篮（专供烧香用的）、花篮等。或精美绝伦、或古朴简单的竹篮子，让人类的生活更加便捷与舒适。

竹篮的编制要经历砍竹、破篾、编织等工序。手巧的还要在篮子上编制出许多花色，讲究的还会画上花鸟，写上文字。

不同的竹篮形态上也各有差别，有大的，也有小的，有方的，也有圆的，都是根据个人的喜好和手艺来进行。在制作方法上，可分为挑压编、拉花编、实编、空编等。

编篮是个集力气与技巧于一身的活儿。篮子都是从篮底开始编的，看篮子的大小准备好竖身篾，像中等大小的篮子，有十二根篾就够了。编的时候按每组两根相并，排成六组，从矮的中间起编，采用挑二压二的编织法，顺序交叉成六角眼后，再由里往外一圈一圈编织成三角眼。完成六圈后，将所有篮身的篾全部编入，篮子的底部便完工了。用这种方法编起来的篮子，其篮底和篮身都呈六眼的花纹，很是精致大方。猪笼也是采用这种六眼编法来编，只是猪笼的眼要比篮子的大好几倍而已。

也可以单根为一组。先用两根叠加成十字，其交叉点在篾的正中间，其后依次在这个点上叠加篾，每根篾之间形成一定的夹角，最后叠成一个呈放射性的图，也就是篮子底部最基本的架子。架子搭起来后，从中间起编，用压一挑一法将篮底的经篾挑好，缠上一根较细一些的竹篾，可连着缠上三五圈，目的是将这些底部的经篾固定，便于后来的编织。

在起篾处先用一根低的经篾从那开始，也按压一挑一的方法用早就破好的篾丝去编，一直按着这个方法一圈一圈编去，直到把篮子底部编成一个圆。篮底够大时就准备收篾了，将篮翻转，使原来的底部朝上，正面朝下。

在编织篮身时，将篮底的每根竖身篾全部竖起，在竖身篾距顶端五六寸的地方用一根细绳扎起所有的竖身篾，让篮底和篮身间形成一个灯笼状的框架。编织纬篾时还是按压一挑一的方法进行，用两根篾沿着那经篾一路地编织下去。这两根篾编完，再接着加入另外两根篾，编到一定高度后就要解开刚才在顶部扎经篾的绳子，再继续编，直到编成一个呈喇叭形开口的篮子，或是微微束口成荸荠形的篮子。这样编起来的篮子简单、随意，没有过多的装饰与设计，清雅中通透着竹材的机理，处处体现出一种古朴的风韵。一般农家都爱用这种篮子，因为它没有什么花活，一学就会。

收篮口时，将篮子的经篾收起，插入篮身中，然后再放篮子的口夹。这时得先把篮身校正，用左手捏拢，右手把篮身的口夹放入，再把朝里面倒的每根经篾依次间隔三档，由里往外以挑压法穿插入篮身，使口夹固定在篮身的上沿。

另一种收篮口的方式是不用上夹口，而是直接将篮子的经篾在篮身上方转半个身，然后从前面一根经篾处插入篮身，如此循环，直到把所有的经篾插完。再用一根长篾由里往外以挑一隔一法或隔二挑二法，从篮口的经篾处穿过篮身，再从下一根经篾处插入，如此绕着篮子三到四次就成了。

编好了篮身后就要插篮子提手了，简单的提手就是用两根宽窄适宜的竹篾青，篾的两头各削成箭镞状，而后将这两根做柄用的篾放到火上去烤。将篾烤软后用力拗弯，篾青上泛着青青的一层油，这时乘着竹篾还没有冷却就要将两根篾在顶部互相缠绕两次。做好这一切后，将篾柄箭镞状的两头插入相应的部位就行了。如此，一个好看美观的篮子就算是大功告成了。

普通花篮的编法是用九根经篾铺开，再加上一条略粗的呈圆形的篾条做篮箍，从一头开始横着编，也是用压一挑一的方法进行。当篮子编到一尺余长时，将底部两头的五根经篾向上折，折成一个六十度的角。再继续向上编两寸许，这时要将两头最上边的各两根经篾收起，余下五根经篾做篮子提手。两头各五根用以做提手的经篾，沿着篮口上方继续用纬篾编约两寸，然后，两边又收去各一根，这时只剩下三根经篾了。这两头的三根经篾再继续向上编一寸许，而后就着三根经篾捆在一起，用篾紧紧地、一圈一圈地缠绕上去，到一定的高度后，将两头的经篾接在一起缠绕，而后将那缠绕篮手的篾头很巧妙地藏匿起来。它是通过层层交织、叠压而成的，这样编起来的篮子，提手与篮底的宽度正好形成一个好看的弧形，整个花篮就编成了。

不过可惜的是，现在竹篮已经渐渐淡出了民众的生活，成了人们的一种记忆。只有偶尔在水果店才能看到竹篮的身影，但也大多粗制滥造，品相不佳，不得不说是一种遗憾。

圆木器物的制作

陈理华

圆木是民间手工技艺，即木桶、木盆等圆形器物的制作工艺。据说春秋之前我们的先民就开始使用木桶挑水、挑物了，所以圆木器物在我国曾经风行了两千余年的历史。

旧时，圆木器物是人们生活中不可缺少的日常用品，主要扮演着盛器和容器的角色，人类的吃喝拉撒都要用到这些东西。可是，在现代化生活面前，曾经承担着生活基本功能的圆木器具却渐渐淡出人们的视线，并将要从日常生活中慢慢消失。或许，这是因为圆木太依赖于纯手工的缘故吧！

从前乡村嫁女时，女方父母都要请圆木师傅到家里来，做上几件圆木器物。做这些圆木器物时，有钱人家就会多做些，没钱的也得做上几样最基本的圆木生活用品，毕竟再穷的人家也要用澡盆、马桶……

那些制作精美的果盒、托盆、汤盆、粮桶子、米斗、脚盆、圆椅、马桶、钩桶等都会在陪嫁的嫁妆中集体亮相，这些陪嫁的圆木器物外面都要用红漆，漆得红红的，一眼望去相当的红火。故而圆木器物又被称为“圆木嫁生”。红红火火的“圆木嫁生”，象征着红红火火的生活和红红火火的日子。

圆木器物制作时一般用杉木作为材料，且越老越好。要做圆木器物时，木料要早一到两年备好，让杉木干透。

圆木师傅早早地到主人家里，放下担子，吃过早饭，就开始准备木料了。备木料时一般根据器物高矮和开口的直径来计算，所选择的用料也是由器物的尺寸加上一两厘米，而板材的厚薄则由器物的种类来定，像大木缸的木板就要厚些，木盆较之则可薄一些，而木桶的木板则要更薄些。

工具的准备也是关键。有手锯、大阔斧、小斧、圆凿、刨子、转锥、圆规等，辅助工具有画笔、曲尺、像竹钉、铁线、铁箍、篾条、藤条等，则是由东家备上。

圆木器物有弧形要求，选料时以粗大、厚重的杉木为佳，这是因为杉木木质坚实，木材轻便。做钩桶时，还要用上一块有树枝连着的板材。那杉树枝有刀柄粗细，长五寸左右，根据它的长势，微微地向下倾斜，形成一个天然的钩，正好让提桶人的手握着。

首先要根据需要将原木锯成一块块木段，然后按需要的形状、厚度和尺寸锯取木材。在锯好的木头上画上所需要的线条，在已经画好线条的木段上，用阔斧劈出各式的木板毛坯。

打好的木板毛坯用利斧削去粗糙部分，使得直板或弯板厚薄均匀。然后将每块备好的板材选一端作大头（圆木器物都是开口向上的一端更大些，称之为大头），相应的，另一头则被称为小头。无论是大头还是小头，都一定要规模平整，选板材四角平整的一面定为内面。拼接时，每块板材的拼接都是以大头为基准点。将板材削砍成等腰梯形状，内面两腰小于外面两腰，大头内面宽度和小头外面宽度一样大小，这样做出来的器物就会圆整美观。

刨板时要用一条宽板凳，板凳的一头有一个顶子，用以顶住木板。将削砍好的木料放在板凳上，用手推木工刨，将板的四面刨光，刨的时候要不时地拿着刨好的两块板对拼一下，或是用曲尺对接着量一下，仔细观察板与板之间有无间隙，若有间隙，无论是在外还是在内面，都需重新刨削，再用曲尺量，直到拼至无间隙为止。然后，将削刨好的板材内口朝下依次排开，用尺子测量大头边长是否符合所做器物的周长，过长的板要再刨削，若是过短就要额外填补上。

先将削砍、刨光好的木板，用转锥在木板腰部相应的部位锥上两个小洞，每块木板的洞锥好后，放上两头尖尖的竹钉，将木板一块块地拼接起来，再用圆规画一个所要大小的圆，用锯将板材锯成圆形底板。

在选择做桶身或盆身的木板的相应位置锥上洞，按着底板的大小，再用竹钉把各块木板拼拢，接成圆形的桶或盆，拼接起来的板块已经具有圆木的雏形，若有粗糙的地方，则要用刨刀再次把里外刨平，并加以修整和定型。然后从底部往上约一寸的位置轻轻地凿上一圈约三毫米深的沟，形成一个小小的沿。上底时，将做好的底从大头那头放上，慢慢用锤子向小头那边敲打，直到底与身完全平整、吻合。如此圆形器物基本成形，再用篾条或铁线扎紧桶或盆的身，也有用铁皮箍、铜皮箍的。

圆木器物最重要的一环是紧箍。桶底小，桶口大的，需要先从桶底上箍敲打，反之两头小中间大的从两头上箍敲打，越敲越紧。无论是桶或盆，其结实耐用的程度都取决于箍的松紧和好坏，若是箍松了或掉了，那桶或盆也会随之散开了，不能用了。

做盆类的圆木器物，开口处全都要有一到两寸的盆沿，用它提携会方便些。打水桶时则要特地劈出两块高出桶身约两尺的木材，木材要有一定的弧度，用以做水桶的柄。然后在这两块木材的顶部各要凿个四方形的洞，这两块做桶柄的木板在合桶时要放在对称的位置。再用一根也是有一定弧度的木料做横梁，横梁的两头削成四方形的榫头，正好斗在那两个四方的洞里，形成一个完美的水桶手柄，用时只要在水桶的横梁上系上短绳即可。

做马桶要比做水桶简便些，只需选两块木板比其他木板高出五寸左右，再在那高出的部位凿个四方小洞，用来系长绳，方便挑粪。做马桶时也要有一块板高出桶身两尺多，用以做柄。

这柄是方形的，在握手处细些，握手的上方又要稍微宽大一些，好让提马桶的手不至于滑脱。马桶柄也有一定的弧度，这弧度是向着桶外微微弧去，让人在提马桶的时候，与人保持一定的距离。若是做饭甑打坯时，也要有两块相对厚一寸左右的木板，然后在木板的一头削成一个三角形的隆起的底，面也是三角形，这样蒸饭时好捧饭甑。

圆木这一项古老的行当，有着一门古老的手艺，每一个工序都不同凡响，充分体现了我国劳动人民的聪明才智。

青冈之木

张清明

“南山之木，可用之材。”我的故乡罩子坡的山上，大多都是青冈树。

想起青冈树，就想起故乡的人。

青冈树，春夏秋冬都是故乡一道最特别的风景。春来，青冈树满身嫩红的椿芽，昭示着生命的力量有多美好；夏天，青冈树是山坡绿幽幽的衣裳，空气中传送出一种蓬勃的生机；秋天，青冈树是山坡最美丽的装扮，叶随秋风满山飞扬，树下落了一层厚厚的金黄叶子，踏上去簌簌有声；

冬天，青冈树无叶的枝干直指苍穹，蓝天白云下，恰似中国画里一笔笔苍劲有力的挥墨……

青冈树，很普通的树，大多时候人们没有把它当树，而是把它当作杂木柴草砍伐，可见一棵青冈木要成材有多不易。中国画里露脸的大多是苍松翠柏，却没有一棵指名道姓的青冈树。可在我看来，青冈木并不比松柏木逊色，甚至比松柏木扎实很多，落叶可以引火，树干可做锄把、柴块，还可制作木炭。被人低看的青冈木，却在人们的生活中充当了不可或缺的角色。我一直想象，中学课本里面的《卖炭翁》，所卖之炭就是青冈木烧制的。

青冈树每年春天都比别的树发芽得更早，最初的青冈芽是红的，就像婴儿的肌肤。渐渐地，青冈芽在春风的吹拂下，在阳光照耀下，在春雨的浇灌下，变得黄绿再深绿起来，叶片逐渐变大，然后风一吹拂，满山上的青冈叶就全部跳起了绿色的舞蹈，煞是好看。

青冈树生长在高坡。“农业学大寨”的时代，几乎把所有有土壤的地方都刨成了庄稼地或农田，只有青冈树生长于悬崖峭壁，或是没有泥土的红石骨子坡，才幸免于难，一代一代存活下来。

青冈树是顽强的，它的生命之源也来自水土，可是青冈树生长在瘦薄得只有一层青苔的红石骨子坡上，一年四季水分几乎毫无存留。青冈树的营养，完全靠下雨天短暂地吸收水分和从夜晚空气中的湿气中摄取营养。青冈树的根筋四处暴露，但它却富有极强的生命力，紧紧地攀附在石头岩壁上，无惧寒霜酷暑。所以青冈树树皮没有方寸是完美的，处处都皴裂着干涸的口子，就像故乡人的手脚，一年四季皴皮老茧一层紧附一层。

青冈木属于栗科，跟板栗树同宗，所以开花结果也与板栗树相似。青冈木的果却不能食用，很硬、很涩。剥开像一顶帽儿附毛的壳，青圆的果儿——“栗肖”就握在手中，肚脐上有一根小锥子。小时候，同学们把“栗肖”拿来当玩具，找块光板石头让它原地打转，谁转的圈数多，谁就赢。

雨季多的夏天，青冈树是最幸福的，该开花就开花，该结果就结果。可是干旱的夏天青冈树就遭殃了，被毒辣的太阳晒得蔫头耷脑，半死不活，树叶都能燃烧起来。但是，无论干旱了多久，只要有一天下雨，那些蔫头耷脑的青冈树就会在一夜之间像做了一个很长的噩梦，全部苏醒过来，精神抖擞，重新焕发生机。当年最干旱的年月，见过故乡许多竹子被干死，却从来没有见过一棵青冈树死于干旱，不得不承认青冈树的生命力很强。

故乡的人跟青冈树一样，一辈子都忙活在那片贫瘠的土地上，吃的是红土地里出产的大米、红薯、土豆，咽的是存留在堰塘的雨水，一年四季很少像如今城里人那样大鱼大肉，珍馐美酒。

但故乡人却比城里人精气神足，尽管布满皱皮老茧的手脚看着很粗糙，但故乡人的每一步都很踏实，就像青冈树一样与大地呼吸与共。所以，故乡人的躯体充满了力量，像青冈树一样昂然挺立在天地之间。

鸭棚子

张清明

在如今都市里，开食店的人可谓是挖空心思，甚至有些人文的味道了。

这不？我来的这家食店就很好，墙壁上挂着几幅画，细一看，原来，那一幅幅写意里，居然是我最熟悉的乡土气息，村庄、溪流、杨柳、农舍、水田……最后赫然看见一个用竹子搭成的鸭棚子！

是谁把鸭棚子搬进了都市？后来才知道也只有这些有创意的生意人才会想得到。原来是我迟钝，请我喝酒的人都已经说了吃鸭子的！进这家店的时候，我居然没注意牌子上打着鸭棚子的名号。鸭棚子哦，多少年都不见你的踪迹了，眼眶里突然升起一层水雾……

当年集体生产的时候，每当谷子割完的季节，远方的放鸭客就吆喝着很大一群鸭子，漫山遍野地赶过来。当然，鸭子是嬉水动物，得找水田多的生产队放鸭。

每到一个生产队，都得先跟队长打招呼，不然，人家社员不让放，捉走鸭子发生了纠纷队长可不管。

那些习惯放养的鸭子，在经过崇山峻岭的跋涉后，依然撒着欢，鱼贯前行着，嘴上“嘎……嘎……嘎……”的叫着，声音拖得老长老长，满山坡全是鸭叫声，仿佛在向人们宣告：我们来啦！它们之中有白色的，有白色间花纹的，也有褐色间花纹的鸭子，更有不少的黑鸭子。它们走路的姿势太可笑了，屁股一歪一扭的，左右摇摆着，煞是可爱。每一个水田都不放过，远远望去白花花的一片全是鸭子，它们时而钻进水里，把鸭嘴壳插进污泥里面找寻着，那里有藏着的泥鳅；时而伸长了脖子使劲吞鱼儿，水田里有很多鱼哦！

我喜欢下水摸鱼，知道水深的地方和谷桩高的地方都有鱼，偶尔还有大的鲫鱼！这不，它们这一阵“扫荡”我就捉不到鱼了！我蹲在田坎高处，屁股不停地变换着姿势，蚊子欺负人似的狠狠叮我，还有不知趣的草尖，从烂了的线缝钻进来扎得屁股生疼。尽管我着急得心痒痒，也只有干瞪眼的份儿。鱼儿被这些天敌碰见，哪还有逃脱的？

每次看见那些鸭子嘴里叼了一条大鱼，我就嫉妒得不行。外婆曾经说过，生孩子的人吃了鲫鱼肯下奶，最近母亲的奶水不够弟弟吃了，弟弟每天饿得直哭，母亲烦躁得打弟弟屁股，打完自己却哭了！唉……谁叫队长答应了人家鸭子客呢？待天黑后，鸭子客就在自己挑来的小竹棚子里歇息，人家还带了煮饭的锅灶哩！

其实，我是最羡慕鸭子客的，一个人的棚子里，要多浪漫有多浪漫，在繁星闪耀的夜幕下，鸭棚子停放在旱田里，就像今天人们喜欢的露营帐篷一样。并且，他有那么多的鸭子陪着，放鸭人就像指挥千军万马一样指挥着它们！也许鸭子经过了长期训练吧，它们之间就没有不听话的，让它们前进时，犹如万马奔腾。天擦黑，放鸭人把塑料棚子支好，哨子一吹，那么多鸭子又依次聚到棚子下面一起过夜。

鸭子是卵生动物，成年母鸭只要吃饱喝足，最肯下蛋，何况它们吃了那么多的鱼儿！

第二天一大早，就是放鸭人的收获时候了，不知道要捡多少鸭蛋呢！这可喜坏了鸭子客。

有些鸭子在放养的过程中，也有憋不住把蛋下在水田的。我就曾经捡到过鸭蛋，那是鸭棚子走后，被鸭子们凫水过的水田，有几个白花花的鸭蛋。在那穷困的年月里，这可是一笔意外之财！

时光流转至今，许多人从庄稼地里拔出了泥腿，住进了高楼大厦。农民的生活也有很大程度的提高，山区很少有人种庄稼，不种庄稼的农民多数都外出挣钱去了，有了钱的农民给自己买了农村社保和合作医疗，人们也像赶鸭棚子似的赶往城市和集镇。在乡下，再也没有了鸭棚子的踪迹。每次去乡下，只看见很少的鸭子在荒芜的田野里散放着。后来才知道，养鸭多的人户成了养鸭专业户，养猪的成了养猪专业户，养牛的成了养牛专业户……

人有养殖专业户吗？当然有的！

只是，养人的专业户叫学校而已。你不见那些孩子们成群结队，被家长按时赶去学校，那时候的他们不正像一群群的鸭子吗?

长在田边的香椿树

张清明

春天一到，香椿树又发芽了。

椿芽是开春以来饭桌上的一道新鲜菜，可凉拌、可炒鸡蛋、可做汤……甚至在清明节包福子的时候，也用椿芽炒肉来供奉祖先。

每次看见香椿树发芽，褐色的枝干顶着红嫩嫩的芽尖，我都有掰几枝椿芽的冲动。

但是椿树也分两种，一种是臭椿树，一种是香椿树。其中香椿树在远古传说中，曾被世祖封为树王。

相传汉世祖刘秀被追兵追得急了，曾躲到一颗榆树下逃过一劫，后来刘秀为了报恩，就要太子找到榆树打赏受封，可太子却错把椿树当成榆树给赏封成了树王，从此椿树变成了香椿。

巧的是，我们院子里住着张刘两家大姓。金河哥哥就是隔壁刘嗣表叔的儿子。由于金河妈妈平时喜欢占点儿小便宜，两家关系说不上好，但也说不上很坏。

母亲是个大度的人，又老实。对于金河妈妈的那些小滑头心里是明白的，有时被逼得急了，也有跟金河妈妈拌嘴的时候，但也无伤大碍，两家人的关系就在我们这些孩子的来往中持续着。

金河比我大几岁，一个院子的孩子都叫他哥哥，那些年他在外面跑得早，不知道从哪儿弄来了香椿树栽在他家地边上。早些年香椿树在我们那儿是很稀罕的，况且还能做菜吃。队里的人每年看见他家掰了椿芽卖钱，或是炒了香喷喷的椿芽吃，都很羡慕。

金河妈妈把自家地坎到处都栽了香椿树，最后连挨着他家的大路边也栽了几颗香椿树，那条大路又跟我家的稻田相连。地坎很矮，不足三尺高，又紧邻着我家的稻田，明眼人都知道，那是金河妈妈占人便宜的事。母亲对金河妈妈说了几遍也白说，她说树是栽在她家地边的，不关别人的事，一副蛮横不讲理的样子。

母亲背地里给她扯了扔掉，后来她接着又栽上，嘴里还叽叽呱呱不饶人："咯老子的敢给我扯了，不晓得我栽的是啥树吧？我栽的是刘皇爷的避难树，谁再给我扯了，他家要遭报应，天打五雷轰！"

母亲不跟她面对面吵，心里却极不服气："谁信呀？原本它就不是刘皇爷的避难树，冒领人家功名，所以才年年要遭掐。"

我都不知道，她们两个农家妇人，怎么知道那么多典故。

原来，我们生产队里有几个喜欢"摆古"（讲故事）的人，经常在农闲的时候，就摆那些古老的"龙门阵"。一个是会推算天书的姜伯伯，一个是会说书唱文的张大伯，还有一个是当过生产队长的刘石青表叔，他就是金河的伯伯。

放暑假了，夜晚乘凉的时候，我们院子里的孩子就像过节一样热闹，另一个院子的人也摇着蒲扇赶过来，坐在院坝的晒盖里，听石青表叔讲那些古老的故事。

石青表叔能把一年到头二十四节气倒背如流，什么时候该下种了，什么时候该施肥了，什么时候该换季种啥了，都讲得头头是道。重庆人喜欢把讲故事说成“摆龙门阵”，石青表叔就在夜晚凉悠悠的清风里，轻摇蒲扇给大家“摆古”：摆三国替古人担忧、摆诸葛亮火烧赤壁、摆水泊梁山一百零八条好汉、摆薛仁贵东征……但凡中国名著里的故事，都给我们摆了个遍。刘秀被追兵追到榆树下，后来太子错封椿树为王的故事就是从石青表叔嘴里知道的。

这些故事在每个人的耳朵上都听起了老茧，所以队里的人吵架偶尔都能出现引古讽今的语言。

金河家里的香椿树到底还是在我家田边挨着他家地坎上栽活了一棵，由于树不多也构不成对稻子生长的威胁，善良的母亲也睁一只眼闭一只眼，不再计较，让它在那儿长着了。

只是每年春天都羡慕地看着金河用竹竿套着铁钩，把椿芽从树上掰下来，拿到乡场去卖。那个时候金河家算是农村的有钱人，一是因为金河在外面做搬运挣钱回家，二是金河妈妈专门种些可以在街上换钱的农作物。当年，母亲周转不灵的时候还跟他家借过钱。

有几次，我甚至想趁他家没人的时候，偷偷掰几枝椿芽回去尝尝鲜，但最终没有下手。

又一年的春天，金河家里的椿芽已经掰了好几回了，那天我跟母亲正在菜地里锄地，金河妈妈和他妹妹也在地里弄猪草，只见金河妈妈连连跟我招手，叫我到她地里去，待我到了她跟前，她递给我一把嫩嫩的椿芽。我当时高兴得不知所以，心里想的是终于可以尝尝椿芽的味道了！

待吃到嘴里，又感觉不是想象中的那样好吃。不过，神秘的椿芽味道总算让我感受到了，它就像我家与金河家的邻里关系一样，既不是那么好，也不是想象得那样坏。

金河家的香椿树至今还长在田边，但是那田、那地早已荒废，无人耕种了。金河妈妈和我母亲相继去世，我也离开生养我的那片土地几十年了，金河哥哥如今也搬到我居住的这座城市，唯有当年被母亲宽容的那颗香椿树，还好好地长在那片土地上。

母亲的自留地

张清明

一

冬天，早晨的菜地里，白菜正待卷心，萝卜才刚刚下头，我蒿稀稀拉拉地长在白菜与萝卜的缝隙中。晨雾若有若无，远远望过去，就像地里冒出的热气，轻纱一样飘过。绿莹莹的菜叶黏着几颗小小的露珠，在阳光下反射出柔和的光芒，白菜叶的每一根经脉像工笔画一样，清晰地投映在我的眼眸里。这一大片菜地，是母亲在立冬前栽下的，为的就是在冬天过年的时候能有菜吃。

我正为此兴奋不已，眼眸扫过，突然发现几棵白菜的叶子上，很刺眼地出现密密麻麻的一排小洞，新鲜的伤口正冒出透明的汁液。这让我很恼怒，是谁在搞破坏？这么鲜嫩的白菜，却被“坏蛋”糟蹋得面目全非！

我伸手扒开一棵菜的叶子，果然看见两个“坏蛋”正舒舒服服地躺在卷着的菜叶里睡大觉。

结果可想而知，它们两个的命运就掌握在了我的手里。只可惜离家有点儿远，不然，我就让鸡娃们惩罚这两个“小坏蛋”。现在，我得亲手对它们执行死刑。

我用一根草棍将它们掏出菜叶，扔在地上，两个家伙惊惶失措地蜷曲着小而肥的身子。然后，我用割草刀把它们砸成肉酱，那些绿色的青菜汁和着它们透明的血液，在红土的掺杂下早已看不出原有的形状。

事后，我有点儿小小的惋惜，甚至也对自己残忍的手段感到不耻。毕竟，人家只不过吃了几片菜叶，属于正当的生存本能，我却用最残忍的手段结束了它们的性命，实在不应该。

二

母亲那一亩多的菜地，是一整片连着的，一年四季轮换着种东西，瓜果蔬菜也层出不穷，那块自留地就是母亲的聚宝盆。这也许是我家最富有的财产之一吧，所以，我的记忆中，一直以它为傲，甚至曾经有一度，我以为自己会在母亲的那块自留地里慢慢变老。

当年，我们院子里好几户人家的菜地都连着，但他们的地都没有母亲这块地齐整，这当然也引起一些人的羡慕和嫉妒。

母亲的菜地，初具规模是在集体生产时期。包产到户之前，队长偷偷按人头划给大家，是为了社员平时有菜吃，所以称其为自留地。

后来，为了搞活经济，鼓励社员们多养牲畜，文件下来后，陆陆续续按人头划分了一部分地，这就是后来养猪的饲料地。

不管是自留地或是养猪的饲料地，为了方便耕种，都在原有的自留地边就近划给了社员。如有隔开，社员们都会在私下以同等面积调换过去。所以，母亲那一片自留地，整体看上去是很可观的。不但是一块很平整的地，并且土质很肥厚，还耐旱。

白露过后，正是蔬菜生长的季节，母亲在菜地里种了不少蔬菜，但她却不得章法，不像别人那样整齐地划好箱沟，而是东一块、西一块地种，高低错落都有。一眼望过去，深绿色的瓢儿菜、灰绿色的三月青菜、黄绿色的小白菜、山青绿的包白菜，都以不规则的形状排列分布！它们就像画家的调色板，在那片土地上展示着各自的风采。

三

正月末二月初的春分时节，年前的那些菜渐渐地老了，母亲把菜全部砍回家，吃不了的青菜风去水分，放在酸菜坛里做腌菜。腾出来的地全部翻新一遍，分别种上红薯种和春洋芋，再在洋芋地沟里种上包谷。春洋芋在初夏就从地里挖回家，再插上红薯藤。端午过后，包谷也渐渐成熟，包谷叶是喂猪的好饲料，农历六月包谷已经完全收割，地里只剩下红薯。等到十月，将红薯挖回家，再栽上冬季的蔬菜，这就是新的一个年轮了。

母亲每年都会在那块地的两头各留一部分，在那些边角地上栽蕹菜或者种一小片花生。

蕹菜是一种人畜共用的蔬菜。春天是少有新鲜蔬菜的季节，也只有拿蕹菜来充当蔬菜。至今，如果不是大棚反季蔬菜的盛行，蕹菜同样在城里人的菜篮子中占有重要地位。

春夏之交，气温渐渐升高，不适合蔬菜生长。只有蕹菜不怕高温，就像土生土长的农家妇女，不畏酷暑。

记得那一年，边角地里的花生正开着一朵朵金黄色的花，母亲挺着大肚子在花生地里扯草，扯着扯着突然腹痛得特别厉害，头上汗珠一颗颗顺着脸颊往下淌。也就是那天，我家最小的妹妹生在了花生地里。

春来也是葱蒜收获的季节。火葱头、大蒜头都收回家，等待下一个秋天再种。分葱却可以直接分出来种上，如有客人来，就去地里扯上一把当佐料。

每年的春天，母亲还要种一块四季豆，主要预备在春夏之交，菜蔬稀缺时自己吃。首先，她去竹林里砍一些小竹子或者被风吹断的竹子，再剃成一根一根的条子，说是给四季豆插站用。母亲把地挖成一块一块的，再打好窝子，让我把豆种一窝放四至五颗，再在窝里撒上农家肥掩盖。

母亲还在地边隔三五米便挖一个土坑，要我撒上几粒南瓜子。就这样，过几天去看，四季豆顶着两瓣豆芽，扭着小蛮腰羞涩地钻出了泥土，南瓜秧也举着两片嫩绿的叶子在春风里微微点头。

待四季豆藤长到一尺多长时，就该插站了。插站后的四季豆藤绕着圈，顺着竹竿爬上去。那一块长得蓬蓬勃勃的四季豆就在春风得意的日子里，开出紫红色的花，结出长长扁扁的四季豆。扒开绿绿的叶子，就能看到一溜溜的四季豆躲在里面，特别喜人。新长的四季豆可以炒着吃，也可以等豆荚老了剥皮，用豆子炖肉吃，至今，四季豆在餐桌上都还是一道很不错的菜。

四

春夏之交，南瓜藤顺着地坎一节一节地往前爬，哪里有草，它就把草网在自己的藤蔓里，哪里有树，它就可以爬上去，自由自在地攀藤搭架。一朵朵喇叭状的花开得金灿灿的，鲜嫩的花朵在蜜蜂地牵引下，终于结下一个个圆溜溜的瓜。

夏天，母亲的自留地里，其实还是玉米的天下。一行行绿油油的长得高大又茁壮的玉米，腰杆上挂着红的、黄的穗子，头顶撑着一把镂空花伞。正是玉米挂坨的时节，蜜蜂在玉米林里穿梭往来，嗡嗡地唱，它们在采花粉呢。玉米是雌雄同株的植物，头顶花伞上的花粉被风一吹，自行给挂在腰上的穗子撒了许多粉，所以玉米是不需要蜜蜂授粉的植物。山风吹来，长长的叶子迎风招展，显得格外潇洒、漂亮。小蚂蚁缠着玉米秆爬上爬下，布谷鸟在头顶飞来飞去，嘴里不停地叫着“布谷，布谷……”

在农村，一年四季都有干不完的活儿。包产到户之前，母亲不光是忙种自留地，还要去队里挣公分，自留地都是母亲起早摸黑抽时间种的。我家五姊妹，加上母亲有六个人的口粮，父亲一人在外吃商品粮，无人挣公分是不分口粮的，后来队长说，没有公分的人，要给钱才分口粮。那时候我父亲的工资很低，也拿不出钱来，所以母亲白天挣公分，早晚都扎根在自留地里，种上大量的蔬菜来喂猪，年底再杀了卖钱。我们几乎所有的口粮钱，都是出自那一块自留地。

一块地种得久了，就很有感情，母亲的那块自留地也有我的一份。我在城里上班时，没事就回到自留地里四处观望一阵，拔拔草，甚至溜达溜达。我很奇怪的是，自留地边不知从何时起，长了一棵千丈树。

千丈树的树叶比较大，结出很多青黄色的果，每一年开花结果后自行散落一地，落地必生根。所以千丈树发展得很迅速，一棵树成活，便可以在几年之内把树苗种到老远，大概千丈树也是由此得名吧。

自留地边的千丈树也从一棵树长成了好几棵，三叔与我家临界，怕长到他家地里，所以只要看见地边有千丈树树苗，必扯无疑。

母亲却很爱惜那些树苗，只要不长在地中央她都一律让它们自然生长着，更让人不可思议的是，她的仁慈，居然让后来的地中央也长出来三棵苦楝树，并且一年比一年高大，最终绿树成荫。母亲说半大的树苗怎么都舍不得扯掉。就那么让它们长着，直到后来要栽广柑树才把那些树全部清除。

后来，为了响应上级的号召，发展经济作物，生产队按人头分发了广柑树树苗。母亲就在自留地边一字排开，栽上一溜广柑树。后来，随着经济农作物意识的加强，母亲在整块地里以相对的行距栽种了几十棵广柑树。春天，广柑树开出一簇簇雪白的花，百米外都能闻到浓郁的花香，我与母亲算计着，过几年我们家里就有广柑来卖钱了。

五

可是，母亲地里的广柑树并没有等到收获的年头就被三叔一棵棵连根拔起，移栽到了别处，并且绝大部分都没成活。

事情的经过很复杂。三叔早就觊觎我家那块自留地了，他想去那块地里砌房子。介于三叔平时对母亲的不尊重，他明着要母亲相让肯定会碰壁，所以三叔为了母亲的那块地花了不少心思……他事先去生产队里挨家挨户签字，要社员们同意他去母亲的自留地里建房，而母亲却是最后一个知道的人。三叔的强势和霸道是队里所有人都见识过的，所以大家都让着他。就那样，三叔自作主张把周边的土地与母亲调换，那块自留地几乎都成了他的天下。三叔以为他占去了那块地，就拥有了一切……

自此以后，母亲的自留地就化整为零，东一块、西一块的，怎么都没有原来那么大的面积，加上后来父亲把母亲的户籍转进城里，就干脆把那些自留地都给了三叔。可是自从三叔在那块地中央建房后，那块地就再也没有原来的风景了。那块自留地彻底变成了废弃地，房屋两边一年四季都堆满了杂物，原来留下的几棵果树也无人管理，三叔更在他房屋周边栽上了泡桐，那一亩多的自留地从此荒废。

现在，三叔在那块地的另一边又砌了新房，让我们几姊妹都回去一趟。其实新房也不是三叔砌的，是扶贫办给他砌的。我看着被折腾得满目疮痍的那块自留地，看着三叔因为穷困潦倒而不得已让扶贫办建房，一时间五味杂陈。

小河口

张清明

几乎所有长江边的城市，都有一条小河，像小女子那样脉脉含情地相伴在侧。汤溪河就是那个多情的小女子，日夜依偎在老县城的身旁。而小河口，就是汤溪河流经长江的那道关卡。

“小河口的风是寡母子风，小河口的盐是担担盐……”这是当年小孩儿们玩耍时唱的儿歌。歌谣在新城路口一直飘呀飘，顺着古老的盐大路，飘到小河口那唯一的过河船上，日复一日地刷新着古老的欢乐与悲喜。

小河口上接汤溪河，下接长江，因云硐水电站而截流，但滔滔的汤溪河水还是绵绵不断地流经小河口，流进长江里。

小河口的风的确很大，夏天吹来的风能给人带来凉爽，可是冬天小河口的风就像刀子一样刮在脸上，让人生疼。之所以称小河口的风为“寡母子风”，就是因为那风无遮无拦地打在你脸上，呜呜地刮。还有一层意思，就是那些年盐大路出了许多棒老二，挑盐的男人们被棒老二抢劫一空，有的人甚至丢了性命，小河口里剩下为数不少的孤儿寡母，那种凄惨，就像冬天的寒风一样让人心生悲凉。

父亲的单位在交通局，顺着交通局的石阶梯往下走是武装部，再经过榨菜厂，穿过居民楼的石巷子，就到了小河口。冬天小河口的河滩很宽，河水退下河底，河滩的沙墙就堆叠在河道两旁，像一道大门守住老城的进出口。

每天早上和傍晚，是小河口最繁忙的时候。小河口对面的菜农成群结队地挑着菜过河，起得早的人在凌晨三四点就来到河坝要过河，过河船从凌晨三四点一直忙到早上八九点，这时，船老大才能坐下来裹着叶子烟，在小河口清凉的河风中，晒着温暖的太阳，悠闲地吐着烟圈。

小河口对面的农民，几乎全年种蔬菜，那些年城郊周边的大棚蔬菜还未兴起，城里的菜篮子几乎全靠郊区的农民种菜支撑，这也是当年郊区菜农最先富起来的原因。据说当年郊区的小伙儿娶媳妇是很挑剔的，谁要是嫁给一个郊区小伙儿，就像嫁给城里人一样，衣食无忧。城里小伙儿如果找到郊区姑娘做媳妇，那也是几辈子修来的福气，找了一个家底殷实的丈母娘呢！

那些菜农每天挑着满满一担菜，坐上摇摇摆摆的过河船进城来，穿街走巷一路吆喝着：“新鲜的瓢儿白、包包白、红苕尖、豌豆尖咧！快来买，快来挑咧……”

到下午太阳下山了就喊：“老乡，便宜的新鲜菜咧，给钱就卖，赶最后的过河轮渡，便宜卖咧……”往往有经验的主妇，专等到日落黄昏时捡菜农的便宜。

小河口对面的菜农很少用化学肥料，进城一挑菜卖完，眼看天色还早，回去时也不想打空，就去各个大小公厕里掏一挑大粪，在粪桶上盖几片菜叶，以作掩饰。过河的其他人等一看大粪桶过河，个个捂紧了口鼻，虽然臭不可闻，但是大家都不会指责，生存的艰难是可以理解的。

古时的小河口可是一个著名的盐码头。河岸上商铺林立，码头上每天人来人往，盐商们顺水而下新津口（四方石），再上龙角、票草、梅魁……然后走利川、恩施一带。云阳地处内地，因盐而繁荣，许多人因盐获得一份衣食，时代造就了云阳人的安居乐业。有盐的地方就富庶一方。“三天一顿牙祭，两天一个蹄”的生活，那古老的盐都，是多少人的向往之地。

在云阳盐码头刚成立的时候，各项设施都很简陋，几道城门是云阳兴起城镇后（那时候叫云安镇）才有的。

有资料显示：明正德六年（1511年），知县梅宁扩大城垣规模，并改木栅为砖墙，同时修建了四座城门。

小河口在云阳老城的北边，汤溪河从大山深处延伸出来，生生的把个云阳城劈成了一个三角形，让新城门伫立在悬崖峭壁之上。

峭壁上坐落了好几家单位，原来的行车小组，后来发展成为县车队，还有交通局、武装部……

父亲所在的单位交通局，是从原来的群管站分支出来的，交通局宿舍也在新城门靠汤溪河的悬崖峭壁之上，所以，从交通局宿舍楼的阳台望向小河口，看过去就是一片万丈深渊，格外令人胆寒。

小河口枯水月份似乎可以赤脚走过去，但最深处却水流湍急，乱石嶙峋，难以落脚，人们害怕出事故，最后还是规规矩矩地等待唯一的过河渡船。水位最低时，船老大也不收钱，索性给过河人搭一座浮桥，方便行人。

涨水月份，小河口可是跟长江大河一样洪水滔滔，河岸与长江一样的宽阔，令人望而生畏。

那些年，打工潮兴起的时候，从龙家湾修出来一条公路接通了小河口的环城路。可是涨水月份环城公路会被水淹没一部分，从江口、高阳出来的长途客车可就遭殃了，一不小心就翻进了小河里。母亲感叹地说：“昨晚梦都没有做好，原来是要出大事呀？”

时过境迁，小河口随着三峡大移民的搬迁，从此沉没在茫茫平湖之下，也沉没在那一桩桩伤痛的过去里。同样沉没的还有几千年来盐大路上的传奇，那些美丽的传奇就像神话一样，永远记载在历史的长河里，闪耀着神奇的光芒，激励着一代又一代的盐大路上的子孙们！

被遗弃的桥

沈出云

我随父亲去村西边的青虾塘喂虾饲料，正是夕阳西下，炊烟袅袅之时。父亲投饲料时，我便围着虾塘转了一圈，见一群群小虾，也围着塘埂作顺时针方向转悠。虾塘西边紧靠着桑地，桑地的西边是一条由南向北缓缓流淌的小河。夕阳的余晖照耀在水面上，波光粼粼，异常美丽。水面上有许多水草，还有一些野菱，都长在两岸的河岸附近，河中间刚好留出一条船行的水道。

我站在河岸边，朝西眺望。夕阳渐渐

地沉下去，被西边的一户人家遮挡住了。房子所在地是南于家村——我伯伯就住在那儿。小时候，我经常走过一座小桥，去伯伯家做客。小桥就架在身旁这条河上，我搜索着小桥的身影，希望能找到它在我记忆中的样子。小河水依然缓缓地无声地流淌着，可我失望了，再也觅不到旧日小桥的踪影。

那是一座乡间极常见的小石桥，用一块块大条石垒砌而成。江南水乡，水多河多，小桥亦多。小石桥，在江南大地众多的桥中，实在是太平常，太不起眼了，没有引起任何人的注意。即使是石桥墩上刻着的那副对联，亦没有人去读。小石桥，无名，一直默默地横跨在小河上，与之相依相伴，在晨与暮的交替中，守望成一幅苍劲孤寂的水乡写意画。到我能独自从它身上走过时，小石桥已经老了，已经奄奄一息。它就像一位年迈的老人，佝偻着腰，仿佛不胜生活的重负。两边的桥墩，像老人朽烂的牙齿，裂着一条条大缝。横跨河面的长条石桥面也倾斜了，仿佛一阵风就有可能将他吹落到河中。去南于家村，走这小石桥，是一条最近的路，如从别处绕道而行，要远好几倍。因此，桥虽破朽了，可村人仍一个个地从桥上走来走去。

我沿着河岸向南走，寻找着旧日小石桥的地址。在一块向西突出的土墩上，我驻足观望。我确信，这儿就是昔日小桥的所在地。这突出的土墩——长满瘦瘦长长的青青芦苇和茅草——就是走上桥去的土桥墩。这儿，已找寻不到任何桥的痕迹，没有一块条石，可作桥的凭据。小石桥，你真的存在过吗？有谁会想到在这芦苇掩映下的地方，曾有一座石桥横跨过这河面呢？以后，还有谁会像我一样，会怀念起这座桥呢？向河中央伸出土墩的河岸，此刻也在怀念曾经相通的日子吗？

有河就有桥。有桥就有河。河与桥，就像是山与水、水与村庄一样紧密联系在一起。河是流动的桥，桥是静止的河。河，把两岸永恒地一分为二。桥，是岸与岸的沟通，岸与岸的交流。

村人也曾修理过这座将坍塌的桥。毕竟，走这桥，是谭家湾村与南于家村之间最短的路。要保持这种近距离的交往、交流，就必须让桥存在下去，不要让它消失。修理后的小桥，在风雨中又站了许多年。

这许多年中，村庄发生了翻天覆地的变化。村人的脚步变得匆匆。由这座小桥连起的两村间的路，太狭窄太弯曲了，渐渐地，走这条路的人越来越少，人们出门不再用两条腿步行，而是改用两个轮子的自行车。人们宁愿绕远，从大路过去。小石桥，终于被村人遗弃在一边，任其歪着脖子弯着腿，独自与衰老做着最后的抗争。

一个星期天，我从几里外的学校回家。一进家门，就听见父母在讲西边小石桥的事。就在上午，一艘装满五孔板的水泥船，因雾大看不真切，船头就撞上了桥墩。只听得轰隆一声巨响，桥一下子坍塌了，笨重的长条石砸在船中央，把船拦腰劈为两半，溅起的水花有几米高。所幸的是，桥塌船毁的事故中，没有人伤亡，船上的几个人奇迹般地死里逃生。小桥，就这样消逝了吗？那震天的巨响和溅起的水花，是小桥发出的最后的呼唤吗？它在呼唤什么？

暮色四合，站在越来越黑的小桥遗址旁，我不禁感慨万千，浮想联翩。这桥，曾经历过多少风霜雨雪？小石桥，也是像人一样有生命的吗？也有其自然的生老病死吗？坚硬的石头筑成的桥，尚且难免逝去，那么，肉体之躯的我们，凭什么让自己永存？

随着时代的发展，古老的石桥，正在走出我们的视线，正在被我们一座座地遗弃。我不止一次地看到这样的情景：人们为了让各种车辆能顺利地通行，在古老的石桥旁又重新建造起一座更高大的现代钢筋水泥桥。那些被遗弃的石桥，就像古代被打入冷宫的嫔妃，独守着千年的寂寞。它们太古老了，石缝间长满了青苔和野草。有一天，它们也会像村西的小石桥一样，会坍塌，会彻底消逝吗？谁会记住它们？

被遗弃的石桥，是一段鲜活的岁月的记忆。记忆不管是幸福还是苦难，我们都不该忘记。因为记忆就是历史。李锐说："我们太爱忘记，不是我们不会记忆，不去记忆，而是我们总爱给记忆挂上英雄和理想的花环；总爱用英雄和理想的光彩去涂抹掉苦难的痕迹。"但愿崭新的钢筋水泥大桥，不会彻底"涂抹掉"古老石桥的痕迹。今日，谁会像我一样，在乡村里，独自牵挂着已被或正在被遗弃的石桥呢？

一把旧锄头

沈出云

那天，几个调皮的小男孩闯进我家屋后的老屋去捉蜜蜂，我进去时，他们已在屋里疯玩了大半天，只见屋内一片狼藉，各种各样的旧物横七竖八地堆满了整间屋子。阳光斜斜地从洞开的窗中射进来，照在那些破烂货上——一辆破旧的自行车，一把生锈的镰刀，一根烂了的尼龙绳，父亲年轻时做木匠用的刨子、凿子等——使人顿觉时光仿佛停止流动，宁静而安详，连孩子们的热闹也一下子沉下来。

我一眼就瞥见了那把锈迹斑斑的锄

头，夹在一大堆旧货之中。这把锄头，就像一位已逝的先人一样，早已在我的眼前消失，要不是这些孩子的捣乱，我想这辈子也许再不会将它找出来，不会再见到它。

这把锄头，从深渊中浮出水面，能再次呈现在我面前，仿佛在告诉我：它从我眼前消隐了，但并不表示它的永远消亡，不再存在。它一直都存在着，只是我没有感觉到而已。我的感觉，充当了一个骗局的制造者。

这是一把我小时候用过的锄头。就是这把锄头，父亲用过它，太公也用过它。太公用它时，它还是一把崭新的锄头，刚从铁匠铺中买回，锋刃闪闪发亮，有棱有角，足足有一拃半宽。父亲用它时，它已经旧了，经常与地皮的摩擦使它只剩下一拃宽，比原来小了许多。我用它时，它只有半拃多一点儿，显得娇小玲珑、圆润光滑。虽已旧得如一位白发苍苍的老者，可仍然精神矍铄，能看见锋刃上闪闪的寒光。如今，躺在旧物中的它，终于老得迈不动脚步了，锋刃也爬满褐色的锈迹，小得只有十几厘米宽。它成了名副其实的废物。

然而，在此刻，夕阳余晖下的这把锄头，在我这个角度望去，它却是如此的美——这是一种辛勤劳作后的安详的美，这是一种古时的忘我的美。锄头，虽然已被锈迹尘封，但这只是它的一种外在，其内质仍是铁，仍有铁一样的记忆。它一定还记得曾在哪一棵桑树下锄去过哪一片野荠菜；它一定还记得太公苍老的手拿它去锄过种着百合的地；它一定还记得父亲用长满老茧的手拿它去锄过种满各类果蔬的瓜地；它一定还记得我稚嫩的双手拿它去锄过渠道，那是为种黄豆而做的准备。

锄头，锄了一世的草，与草做了一世的冤家，它甚至不知道自己为什么要与草结死怨。锄头，辛苦了一辈子，劳累了一辈子，是否明白了自己的使命是什么？地上的青草，锄去了一茬，又不失时机地长出了一茬，年年岁岁，更迭不断。而锄头，终于累倒了，躺倒在不为人知的角落。它不会明白，自己的一生都充当了刽子手的角色。

我们人类中许许多多的人，也像这把锄头一样，自己奔波了一辈子，劳累了一辈子，却不知道自己为啥奔波，为啥劳累，并不知道自己在奔波劳累的过程中，充当了伤害别人的残忍的屠夫。我们人类，有时候并不会比一把锄头聪明，更多的时候，是像锄头一样只是在听别人的使唤，在被别人摆布。

我弯下腰，小心翼翼地拿起那把锄头，放在手中仔细地端详着。我看到了太公沟壑纵横的老脸，微笑着，隐约有一种永恒的安详。太公五年前就已逝世，他短暂而又不幸（早年丧父，中年丧妻，老年丧子）的一生，早已随风而逝。我一直不明白，他虽然从光绪二十六年一步步地走到公元1995年，可是他目不识丁，一点儿也不明白身边发生的究竟是些什么事——他曾替日本人挑过大洋，曾见过日本人用枪打人来玩耍，可他向我叙述这一切时，并不显得悲愤，好像他说的，是一件极普通的家事一样，没有亡国的痛，也没有复仇的恨——如此懵懂地活着，又有何价值和意义呢？

望着手中的这把锄头，我忽然顿悟：生命的存在，其价值和意义并不是全凭我们人类自己说了算，一如这把锄头，对我们人类来说，它已是废物，毫无价值，但对大地来说，它却是一段往事的记忆，是一段历史的浓缩。生命的存在，其价值和意义并不仅仅体现在对我们人类有贡献、有益处、有帮助，那只是人类一厢情愿的自高自大。其实，生命存在的本身，就是价值和意义之所在。也就是说，生命的价值和意义体现在生命展开的过程之中。

我把老屋重又整理了一遍，让被放得七零八落的旧物各归原处，老屋又恢复不久前的井然有序。那把锄头，我把它仍挂在土墙上。就让它静静地待着吧，它已属于昨日，属于历史。而属于昨日属于历史的一切，只宜在深夜静静地想想——欣赏或厌恶都可以——而不宜让它再在今日还魂，左右今日的步伐！

黑色抽屉

刘应

一　黑色抽屉

算起来，爷爷走了有三年多了，这两年多的时间竟然恍如隔世，我也渐渐地就接受了一个人从生到死其实不过是人生必经的过程。可是我时常从睡梦中惊醒，心里依然还能感受到爷爷的存在，那种感觉就像是我正准备要从家里起身坐车去城里的时候，他柱着拐杖一踮一踮地站在叔叔家的楼上目送我的身影从村口消失。

离开学前一周，奶奶催促我提前把行

李收拾好。那年爷爷的身体一直不好，臃肿且剥掉死皮能露出鲜红血肉的左脚把他拖得很瘦弱。奶奶估计是察觉到了什么，便对我说："应儿，你这一走就是半年，如果上学想我们，先给我们拍张照片，想我们的时候可以从手机上面看看。"

她翻出爷爷以前大寿时候大伯家买的黑色印花衬衣和一件白色的长袖T恤，我把爷爷从床上扶起来帮他穿上，然后搬一张长凳摆在叔叔家的楼下，爷爷把两边的袖口卷起来，白色袖口套在外面，神态坦然但看起来有些虚弱。他的后面是一些砌得歪歪扭扭的砖块，砖块背后冒出几棵枯黄的玉米花。另一张的背景是在叔叔家楼上蓝色的大门前，奶奶穿着一件短袖，坐在长凳上面，微微一笑，看起来微胖。照好以后，我拿到城里去洗出来，买了两个相框，然后挂在爷爷奶奶的床头墙上。那是爷爷七十岁以后唯一的一张照片，遗憾的是，爷爷的葬礼也没用上这张照片，遗憾的是，这辈子爷爷奶奶从没有照过合照。

坐车的那一天，我从家里出发，躺在床上的爷爷在奶奶的搀扶下依旧从叔叔家的楼上目送我的身影消失在村口。

回到学校两个月以后，突然接到家里的电话，婶娘说爷爷走了，今天刚抬上山，奶奶不准我们告诉你，来回的车费太贵，又害怕影响你的学业。

我始终还是没能在葬礼上目送爷爷最后一程。

棺木是一只最大最沉重的黑色抽屉，当把它放进挖好的长方体深坑以后，开锁的钥匙也就随着抽屉长埋地下。

人世间最大的痛苦莫过于：当你能在心里最真切地感受到一个人存在的时候，任你如何使劲去想也不能完整地想起和他的任何一件往事。

二　怀里长大

小时候，爷爷家和我家隔得不远，爷爷奶奶住在土墙房里，我家住在平房里。去爷爷家只需要跳下门口的路坎，跑着走十几步便可沿着土墙房伸出来的石坎的边缘贴壁上去。

爸妈经常吵架，而且不分场合和时间。有年冬天深夜父亲从外面回来，喝得烂醉如泥，一进门就对母亲破口大骂，所有难听的脏话他都说了一遍。我和弟弟睡在后面的房间里。母亲听不下去便反驳他，接着他们打起架来，声音很大，母亲边哭边喊叫："小应，快去叫爷奶来。"当时我们小，害怕他们伤到我们，我和弟弟就爬起来往爷爷家跑去，光着身子，边跑边哭，边哭边喊："爷奶，我爸和我妈又打架了。"听到声音，爷爷家后窗就会亮起来，奶奶跑得比较快，爷爷拄着拐杖在后面一踮一踮的，"这两口子又吵架，估计这狗日的又喝酒了，大冬天的，两个孩子怕冻感冒了。""快！快跑到你爷爷的被窝里面去。"

爷爷的被窝里面很暖和，那个时候用不起电热毯，爷爷就在睡前在炉上热好一壶水，开了之后倒在一个玻璃瓶里面，然后塞上橡胶塞，放在被窝的中间，一个晚上脚都不会冷。奶奶常说弟弟是爷爷带大的，而且是在爷爷的被窝里面长大的。只不过后来弟弟长大了，爷爷的被窝容不下了。爷爷总是说："小虎大了，嫌爷爷脏了，不喜欢和爷爷睡了。"弟弟没有说话。我们心里都明白，爷爷落下的残疾后来越来越严重，和他睡在一起蹬腿的时候恐怕会碰到他的伤口。

后来我们上了小学，我家搬到城里去，爷爷和奶奶就待在老家，每逢周五，我和弟弟事先约好，谁先到家谁和父母说我们回老家，要是爸妈不同意就直接去我们事先约好的一个地方一起出发。父亲总是不同意我们下去，至今我也想不明白为什么。我和弟弟常常趁着父亲不注意放下书包一溜烟就回老家去了。

每次回老家，我和弟弟都会帮爷爷奶奶大洗一次衣服床单被褥，我们负责洗完晒干收回来，奶奶负责拆被罩和钉被罩。奶奶钉的农村被罩特别好看，每回帮奶奶钉的时候，爷爷坐在火炉旁边弄他的烟斗，用一根铁丝在烟头处来回捣鼓，抖落里面黑色的烟渣，然后再从随身携带的小铁盒里面挑选烟叶出来卷好放进烟斗里面，划上火柴或者是直接把烟斗伸进红红的火炉里面点燃，随后便很享受地抽着他的烟斗。奶奶看着，边钉被罩边说："你能不能爱点干净，你看你那袖子在火盘上面来回搓，都脏成什么样子了，每个星期这俩孩子洗一回不容易，就不考虑下人家洗衣服的难处。""我天天去土地里干活，哪里来的干净。再说农村人，要什么干净。"爷爷继续抽他的烟杆。

待了两天后，我们周日下午就得走了。晚上的时候，爷爷睡在床上，大概是饿了，从后屋里喊了一下："小虎，帮我煮一碗稀饭。"没人应答。过一会儿，"小虎虎……"后面一个字的音调拖得很长，高过奶奶这头电视里的声音，奶奶爬进来穿上外衣走过去，“小应、小虎早就走了，你要吃饭锅里热的有，稀饭哪个服侍得起多少”。奶奶说了两遍，还说得很大声，爷爷的耳朵不好。过一会儿，便安静了。

三　和土结缘

我们这一家人都有一个习惯，就是在冬天的时候都会种一些果树，尤其是樱桃。老家门前的院子里面，长得有十几棵樱桃树，岁数比我们还大。院子里面常常栽种一些菜苗、蒜苗，偶尔种上一季玉米。

奶奶给我们讲过，土坎边的那棵树有四五十年了，那是姑父从余家砍下来的樱桃枝上拖过来的，当时她在挖土，就随便栽在土坎边，没想到活了；中间的那颗梨树本来活得好好的，被爷爷移到后山去，死了；左边的桃树爷爷嫌挡了粮食的阳光，便砍了……我和几个弟弟们从小到大就喜欢种树，在获得奶奶的允许并问好适合种树的季节之后，我们就会扛着锄头拿着镰刀在后山和前院的几个叔伯家的土地种上一些果树。每年都种，却怎么种都种不满。

寒暑假我们回家看见种的树不见了，跑去问奶奶，奶奶说是爷爷去种地的时候，发现有的樱桃树长高了，挡着玉米秧的光线，就把它们移到土埂边上，有的没活，你爷爷就给拔掉了。

门口的院子里有一个直径约十米的大坑，坑里面长了几颗杜仲树，树皮可做药材，爷爷一直舍不得砍掉。坑边的一家人老是往里面倒生活垃圾，坑里面的玉米每年都活不成。奶奶说，干脆把这个坑给填了，爷爷不许，他说填上了坑里面的杜仲根太深，恐怕活不成。

放寒假，所有人都回老家过年，在院子里面玩的时候才发现坑不见了，坑里面的土差不多和外面的一样高了。问奶奶才得知，原来是爷爷后来决定把坑填上。他说填满以后可以多种几棵玉米，每天早晨他还没吃早饭就带着锄头和簸箕去院里，把高处的土抬到低处，坚持了很多天，把坑填平了，而且坑里面的杜仲活了下来。

爷爷一辈子都在和土打交道。自从几个叔伯家全部搬进城里以后，老家就剩爷爷和奶奶了，他们也搬进了之前我们住的平房里面，两边是土地，前面是院子，后面是大山。平房的左边是以前是烤烟留下的土房，很多年不用了，后来下了几次大雨把墙给冲垮了。爷爷想收拾一下里面准备搭一个棚子养几只鸡来下蛋，搭棚子的时候墙垮了，倒下来的泥块把爷爷全部盖住，奶奶看见以为爷爷已经被压倒了，堂弟赶紧跑过去把爷爷掏出来，有木板挡着，还好无大碍。

平房的左边当时不是土地，只是一些烤烟房倒下的压得很紧的泥块，而且前面还是一个小斜坡，斜坡下面是一条小路，斜坡边上种了几棵李树。爷爷想把那些泥块捣碎种点菜，奶奶不准。“前后那么多的空地种白菜够吃了，你倒腾这点土来干嘛，”“那些土远，再说弄好了也能多种点白菜来吃。这几棵李树都快要死了，就是因为养分不好，水分太干。”奶奶知道拗不过爷爷。于是，爷爷带着我们扛着锄头、锤子。不到几天，一块新的土地就出来了，黑褐色的土地上覆盖了厚厚的一层黄色的泥土，路沿也砌了起来，把斜坡给覆盖了，差一点就有爷爷高了。

四　八十树人

我们栽种的樱桃树一年比一年多，一年比一年高，而种樱桃的人却再也不能回家尝到樱桃的味道。

樱桃熟了，平房前面石坎边的樱桃树的枝丫已经伸进了屋檐下，高的人张着嘴就能吃到樱桃。这个季节，我们喜欢比谁能爬得最高摘到最大最红的樱桃，爷爷在树下拄着拐杖嘱咐我们一定要小心，几个同伴在树上来回跳和爬，摇落了一地熟透了的和坏掉了的果实，坑洼灰白的水泥地上缀着密密麻麻的红的黄的绿的樱桃，还有一些我们吐下来的樱桃核，像是一幅灰暗的油画点满了五颜六色的油彩，爷爷佝偻着身子，拿着盆，一颗一颗地捡起地下的樱桃，有的直接放在嘴里，有的揣在兜里，黄的绿的红的都有。

我们从树上跳下来，他从兜里掏出一把红的给我们。

樱桃熟了不久，就到了收粮食的季节。爷爷奶奶一直住在老平房里面，后来叔叔在对面的乡村路旁边修建了两层贴瓷砖的平房，一楼留给爷爷奶奶，他们搬过来住在路边也比较方便，老平房用来堆放粮食。

搬过来以后，叔叔就把老平房的电断了。爷爷是负责看粮的，收回来的粮食要生火把粮食烤干以后才不容易出虫。爷爷每天早上吃完饭就过去，中午我们轮流送饭，晚饭回来吃，如此循环，直到粮食干了。有一次，奶奶去土里收割剩下的玉米秆，我们送饭过去，爷爷坐在门口的水泥地上面正在编玉米，叫他吃饭。他说：“你奶回去吃饭了吗？”“还没有。”“那她估计快来了。留给她，等会我回去吃。”晚上的时候，奶奶说老房子里面黑灯瞎火的什么都看不见，爷爷的眼睛又不好，就叫我把电给接上了。

再后来，我高中毕业，考上了大学。拿到录取通知书以后，爷爷问我：“考了哪里？”我说：“天津。”“天津在哪个地方？”“北京的旁边。”“哦哟，在北京的旁边那是一个好地方。”然后又会语重心长地告诉我自从我上初中以来听得最多的他一直重复的话：“应儿，你爸他们不成器，这个家所有的希望都寄托在你的身上了，你要好好读。”

五　目送

时光在倒退，我闭上眼睛，梦见了故乡。

路边的青草垂着露水吻着脚踝，他走在七曲八折的羊肠小道上，朝着爷爷大手所指的那块向阳坡地走去。

多少次走过这条熟悉的山路，不记得了。多少次以几种年龄相互叠印的目光凝望，也不记得了。小时候，爷爷带他来到这里，双手沾着泥土给他上第一堂庄稼课，爷爷的眼神里噙着希望，让孙子能走出村庄，跳出农门，学成之后，又回到村庄。

见时容易别时难，完全离开爷爷，是一个复杂的工程。我们这一大家人没有照过全家福，每次过年总会有人因为各种原因未能聚在一起。

随着年龄的增长，爷爷的模样逐渐地就在我们的记忆中一点一点地被时光给吞噬掉，即便是数次从睡梦中惊醒也很难完整地想起梦中的故事。人世间最大的痛苦莫过于：当你能在心里最真切地感受到一个人存在的时候，任你如何使劲去想也不能完整地想起和他的任何一件往事。而刘氏家族的子孙们，就只能在记忆的流光里，目送着爷爷拄着拐杖一踮一踮地走向我们生命的尽头。

牛眼里的乡愁

曹文生

说到乡愁，竟然绝望了。

“乡愁”，是个大词。

它有声，有色，有形。一个“愁”字，便是乡愁的高音区；年关的大雪、门前的红灯笼，便是乡愁的底色；乡愁有形，似乎说得过于美好，一头白发、蹒跚的脚步，或一个直不起腰的身子，把乡愁置于灵魂之上。

一个人，割掉脐带，还剩什么？

或许，只剩下回光返照的记忆。

那么，一头牛呢？有无乡愁？如果

有，它的乡愁在何处呢?

一头牛，也会怀念昔日的静。

日暮，人归。

飞鸟散尽，暮色苍茫。

一头牛，走在进村的土路上，暮光照在它的身上，有些泛黄。也许，色泽均匀地涂抹，把一头牛推向黄昏。

牛眼里的高粱地，正被风吹着。呼啦啦，一片伏下，另一片又挺立如初。许多时光，与高粱有关。

高粱，男女皆喜。男人，内藏一颗酒心，乡下人，买不起高档酒，就喝自家酿的高粱酒。女人呢？研究高粱的食谱，变着花样，节省细粮。

高粱对于牛，也有大用处。高粱面，脱下壳，乡下人叫它麸子， 牛喜欢。另外，这青嫩的秸秆，过铡，切碎，是上等的食料。

在乡下，牛和人一样，是此地旧主，它们的乡愁，人不懂。

牛，能从一片高粱叶里，听出故事。

在河南，有个老乡，叫吴其浚，他在《植物名实图考》

一书中写道："吾尝雨后夜行，有声出于田间如裂帛，惊听久之，与人曰：'此蜀黍拔节声也。'久旱而澍，则禾骤长，一夜几逾尺。"

说这故事时，人，一笑而过，牛却记在心里。牛好像听到了拔节声，那声音，在中原大地，此起彼伏。

这声音，是北丐一派的，刚烈有力。

一种噼噼啪啪的声音，无论是雨夜、清晨还是黄昏，在田间响着，你听，多饱满的热情。

牛，喜欢高粱，其实是喜欢高粱身上的文化风俗。那些年，人老了，这"老"字，是死亡的委婉叫法。响器在外面，撑着门面，院子内，是高粱的肉身，被麻绳捆在一起，也就是方言说的薄。薄围的灵堂，是阴森的。牛，在一棵树边，也感觉到了凉意。

牛，吃着高粱的肉身，也吃着高粱的灵魂，它是一头通物语的牛。

日暮，牛从高粱地里回来。牛眼里的黄昏，应是这样：一个人，扛犁，走在它后面；一条叫大黄的狗，忠诚地跟在人后面。他们不紧不慢地走进村口。

牛走进村东的院子，卧立槽边。累了一天，此刻终于自由了，可栖息，可眺望。牛，看着主人，打水，下蹲，洗一把脸。男主人，坐在树下，抽一口烟，闭目养神；女主人，进厨房，舀水，点火，把日子焖在锅里。

饭后，庭院安静。男女主人，互不说话，只把往事，往肚子里摁摁。其实，作为家的一份子，牛知道他们这些年的苦楚，他们从不说出来。

那一年，雨后的中原，似乎比别的年份更清凉一些。

“丁零零！”一辆绿色的自行车停在门口，送信的人从帆布包里取出一封信，扯开嗓子吼道：“老三，你家的信！”老三笑着打开， 是儿子的通知书，一阵风，传开了，老三的儿子考上了省城的师范。

老三丝毫高兴不起来，学费倒是免了，可是别的费用呢？老三和媳妇商量着，要不把牛卖了。牛从老三的目光里，看到了杀机。但是牛沉住气，不吭声，只是卖力地劳动。一头好牛啊，仁义！老三心软了。

东家，两块；西家，三块。终于凑够了钱。儿子走了，一走就是三十年。如今，家里空了。

儿子也回来过几次，但是每次都和庄稼有隔阂，他忘记了青草的脾气和秉性，也记不起麦子尖锐的叫声，于是，他觉得这乡村，离他甚远。

城市的灯火，诱惑着人，人越走越多，乡村空了。一片荒凉与衰败，在村子里蔓延，一些房子坍塌了，草是主角。一头牛，老了。

一头牛，再也吃不动草了，只是喜欢在南边的坡地上，吃一些流失的往事。那些年，那个放牛的少年，不见了。如今，只剩一把牛的老骨头。

挖掘机来了，它带着现代化爆发的气息，在乡村的田园上作业，一下子赶走了蟋蟀，赶走了传统的旧农具。

乡村，还剩下什么?

麦子，也没人种了。路，被草覆盖着，有些荒芜了。只剩下一些野树，像旧版的照片。

乡愁，落在一头牛的眼睛里。

他的小主人，那个青年，曾在此地读书，读到了“乡”字，读到了《说文解字》，“两人对饮，共举酒器”。“愁”呢?

是秋之心， 或是心之秋，主人没念出来；但是秋来，叶落，一些人便开始趁着西风返乡。

返乡，饮酒。酒，一定是浊酒。对饮之人，一定是对劲的人。在乡下，人觉得“知音”一词太过于文雅，乡下汉子，一出口就是高粱味。

牛知道，大路上，时常有回来的人，他们住了一夜，又走了。乡村，还是那么空。

一头牛，再也看不懂人类了。

乡村，不美吗？

河水在村口流淌，白云在天上飘荡。唯一不同的就是：人少了，只剩老人和孩子；贼多了，夜晚狗声频繁。

一头牛，开始怀念青年时代的犁，怀念那带齿的耙，只是，用不上了。

一头牛，带着乡愁，走向了屠宰场。

也许，一头牛，再也与农耕无关。

牛眼里，潜伏着，那些远去的背影。

老三的白发，多了。腰，已疼成乡愁的模样。乡愁到底啥模样，或许，是一瓢井水的温度，或许，是一堆柴火的颜色。

牛，走了，不知是牛忘记了人，还是人忘记了牛。村庄，空有虚名。

人，成了飞鸟，栖息在远方的树上。

剩下一些，仍在路上奔波。

一株玉米的宿命

曹文生

一粒种子，被扔进土地里，就不再属于它自己了。它属于风，属于雨，属于乡村的土地。

当然，一场风，或者一场雨，能改变一株玉米的走向。一株笔直的玉米，走惯了顺风路，没见过逆风的大世面。那些年，风总是在夏季的衣服里，挠痒痒。心情不好时，风就突然变了脸，一下子刮歪了一村的玉米。第二天，人像一条条鱼，跃入玉米田内，扶起这倒下的玉米。

玉米被扶起以后，下肢就瘫了，仅剩下上面的腰身，笔直地站立，笑看岁月。这些就够了，你看，玉米的穗缨，像人的胡子，一天天变得衰老。

当听见人笑醒的时候，就知道玉米长籽了。玉米地像一座幽深的迷宫，这个时候，如有外乡人，走进玉米深处，多半会分不清一个村庄的格局。

几棵并排的玉米，面临着不同的命运。有几棵长得嫩，长得饱， 被乡下人放进篮子里，然后进城，拐进单位的单元房内。玉米是稀罕物，城里人的根，在玉米里找到了。另外一些玉米躲过人类的果腹， 得以活命，看似长寿些，但是也躲不过寒秋的锛头。

母亲在院子里，做好了饭。老远就闻见了，是一锅玉米糊糊的味道。玉米，在等待黄昏下，那些扛锄头归来的人。我不想预测，一株玉米的宿命，正如一个人，不知道未来的命运一样。谁也不知道，一株玉米，会出现在谁家的锅里、谁家的碗里。

其实，在乡村，秋收的玉米，在院子里晒太阳，是乡村最喜欢的。院子里那棵苦楝树，青青的果实也变淡黄了。据说这果实有毒，牛羊吃不得，因此每当这时候，母亲便慌忙清理干净。这就是乡村里，一些看不见的细节，没人注意一棵树，只有乡下人关注。

卖出去的玉米，不会半夜回来敲门。所以，农人毫无歉意，他们心里暖暖的，盘算着日子怎么过，很少有人想起那些玉米，它们是否被人欺负，被人压榨。好像一株玉米的死亡，是那么正常。我想起一些人，面对死亡时的样子，其中包括自己。

在西安读书时，经历过汶川地震，那时西安城里也有很大的震感。我们面对威胁生命的危险，也表现不出气定神闲来，一个个惊恐得像只刺猬。很多人，穿着内裤，赤脚跑了出来；而对面的女公寓楼下，女人也只围着床单。我知道，在死亡面前，没有人发出嘲笑或生出淫心，只有对失去生命的惊恐。

想到这，我觉得玉米比人平静，它们出现在张家或李家的猪槽里，被猪哼唧唧地拱着，也不喊疼。

我记得一个深夜，父亲拉着我去磨面。把玉米扔进机器里，它的骨头，发出清香般的气息。我站在那里，感觉到了疼，但是没说。

一个人，时常在玉米地，蹚过岁月的河，看玉米锯齿般的叶脉，将脸上刮出一道道红印子。也许，这样的疼，才能记在心里。那时我最大的愿望，就是逃离土地，远离玉米的锯齿。

但当我脱离土地时，我没有一丝喜悦，相反有些忧心忡忡，我害怕自己再也看不出一株玉米的从前。

也许在院子里，那些悬挂在墙上的钉子，仍能记住玉米的温度。我心里的钉子，也钉在墙上，上面挂满一村的清晨或黄昏。

在乡村的院落里，一串金黄的玉米，像姑娘的辫子，在南墙上挂着，这是乡村典型的美学。正如墙上挂满红辣椒一样，也是乡村的范式。

一株玉米的宿命，多半会被生活改变。三哥拉一车玉米，去了镇上，回来还是原封不动。

一些人，看见后就知道，这玉米行情不好。

曹五对三哥说："晚上整两盅！"

"嗯，行嘞！"

乡村的酒，会安慰人，从不在人心里撒盐。“玉米”是一个伤心词，没人提起，人只喝酒。乡村的价格，在乡村汉子的酒杯里，或升或降。

种玉米，似乎成了村里人唯一的嗜好，就像城里人养花一样，会上瘾的。村里人，每家都圈养一地的玉米，在风里哗哗直响。

我走到村头，时常产生错觉。我怎么就误入到玉米的宿命里。其实，是我的错觉。故乡，是我的一部人生字典；“玉米”是字典里最好的一个词。

莲座上的乡村

曹文生

在豫东平原上，草木如人。我乐意这样形容它们：心善、命硬、身苦。

为何这样形容它们，很多人不理解，是时候把隐藏在心里的那扇门打开了。中原的草木，能入药的居多，许多不起眼的草，到了中药房就摇身一变，成了贵人。药房里的老先生，一两两地称，实在小气得很。记得有一次祖父身体不适，让我去中药房，买一剂叫苍耳的中药，我金贵似的把它捧回家，打开一看，一团贼眉鼠眼的蒺藜狗子挤在一起。我大骂一声“狗东西蒺藜狗子！”我的骂声里包含着一种不满，费这些钱买来乡村无用之物。

以这样的故事切入，是想理清乡人对草木的偏见，草木的中药习性，在乡下，人往往视而不见。今天我所书写的是两种植物，都与莲座有关，其形、其心，都是善的。

一种叫苘麻，这是大名，好像一个人，有了出息做了官，口必曰文雅的大名。但是在这个人的故乡，人一定不会记住他的大名，能记住的肯定是这个人的小名。这植物，在豫东平原，人们叫它麻梭，小时候常笑曰："吃麻梭，烂嘴角。"这“角”字，放在这里很是别扭，故乡的方言，只有故乡人懂。但是孩子不惧诅咒，仍是任性地吃。

这种植物，长得高大，算得上故乡草木里的大块头，叶圆心形，边缘上是细圆锯齿，两面均密布星状柔毛。开黄花，结的果实另类，密密地挤在一起，像一朵闭合的莲花。果实鲜嫩时，是白色的，吃在嘴里麻麻的，成熟后是褐色肾形。

天黑时，割草的人将草卷在一起，折一根苘麻，抽芯取皮，绑了草，扛在肩上，踏着夕阳的光、牛羊的叫声，散入乡村。这家伙，很牢固，到家解开时，颇为不易。

大人爱它的实在，孩子爱它的叶子。我们从河里摸出一条鱼，或者是逮了一只青蛙，用苘麻包了，然后在外面涂上泥巴，架一堆火， 慢慢地烤。我知道，在江南有一种美食叫荷叶鸡，在中原的乡村里， 有一种童年叫苘麻鱼或苘麻蛙，只是大多人不知其美味罢了。

它遍布中原，从不伤害人类，给人很多好处：孩子用它打陀螺， 女人用它包酵子。只是人类还是嫌它碍事，一而再再而三地要除掉它。小时候，地金贵，种麻的人很少，人们都拿苘麻做麻绳用。

还有一种草，叫泽漆，也叫五朵云、五灯草、五风草。这种草的叶子，底座大，层层缩小，从上面一看，倒像一朵盘坐的莲。你听它的其他名字，也很文雅，很好听，似乎应该是大户人家的孩子。可是这草脾气大，它白色汁液一沾上人眼睛，就让人比钟馗还丑。因此从小父母就警告我们要避开它，似乎它是个恶魔。但是骨子里它心不坏，是一剂中药，能救人性命。

故乡叫它猫儿眼，说它如猫的眼睛，泛着黄色。这草顶着猫眼之名，实则并不惹人爱，与乡下人家的猫得到的待遇相差甚远。在乡下老鼠多，家里都有圈养的猫，一日三餐，倒也金贵，可是这泽漆，却是无人问津。

后来，夜静读书，有一次读《瀛洲竹枝词》一书，读到“致嘱先生放学生，今朝请吃莳秧羹。关坛宿酒猫儿眼，保甲同邀拔报呈”。诗中的猫儿眼是一种酒，酒泛着淡淡的黄色，像猫咪的眼珠颜色，十分可爱。此猫儿眼，非彼猫儿眼，从草木中药，到酒中上品，倒也是对它的一种尊重。可是在我的乡村，却难以喝上这美酒，我们只享受它草木肉身的救济。

在乡下，唯有这两种植物，外形似莲，内心仁慈。

野草，村庄绝笔

曹文生

那些年，一到春天，草就漫过了村庄，人活在蓬勃的野草里，人和草，和睦相处。可是，近些年，空气里弥漫着除草剂的味道，野草不见了。一团春风过，原野寂静。

野草死了，故乡还活着，并且是没心没肺地活着。不悲野草，不悲野花。

人们，面对这土地，如此陌生，如此冷漠。那些在我心里种下的草，再也长不出来了。

也许多年以后，我的孩子问我童年的

野草，我早已答不上来，再也不能和他们一起分享这草木的经书，是时候用文字来表达了，去给这些比人类更早定居的草，立碑、写传吧！

一　与村庄有关的草

说起故乡的草，我就觉得有趣。

你听那些名字，多像村里的长辈啊。麦家公，是不是像村西头临河而居的二大爷？麦家公，长得和面条菜有点相似，但是身子骨还行，盘在一起，很健硕。只是吃起来，味道不甚理想，于是被村人所屏蔽。听爷爷说，在饥荒岁月，这麦家公也能吃，那时，这草是救命恩人，只是如今，它已被人冷落了。

马唐，总觉得它不像一种草，倒像一个人的名字。春天来了，这个人在田野里叫马唐，那个人也叫马唐。叫着叫着，马唐就成了乡村的名草。有时觉得这名字还挺文雅的，不是太俗。上了年纪的人，不乐意叫它马唐，喜欢叫它蟋蟀草。这名字我喜欢，你想，马唐趟过春，趟过夏，肯定已经茂密如丛了，那深秋的蟋蟀，在草下蜗居，贫而快乐，很像那个“一箪食，一瓢饮，在陋巷，人不堪其忧，回也不改其乐”的颜回。

看到草，莫名地想起“可怜”一词。我觉得在故乡，最可怜的草应该是豚草，这种草，人多会躲避，它能引起过敏性哮喘和皮炎。它，注定和人交不成朋友，命运可想而知。斩草除根，是人对它的一贯立场。

在故乡，最常见的野草是小蓬草。这草像个美人，腰身笔直，叶密密的，枝叶也不臃肿，一种气质在草木间弥漫。它在平原上，品读人性；它文雅简单；它安静地长着，从不横生枝叶。

还有一种草，不得不说，故乡叫它疙巴草，细细的，颈很瘦弱， 但是却很有韧性。它趴在土地上，枝上生须，钻进土里，起初看似不起眼，不几天，这里就会青翠一片。人们喜欢把这草缠绕在一起，用它捆住割下的草。牛羊的草，多半靠它托运回来。其实，这草的韧性，远远比不上牛筋草。在故乡，牛筋草是草中之王。它叶茎结实，根系发达，一个人想要从地里拔出，多半会用上吃奶的力气，所以这种草在故乡，一般没人愿意动它，如果不影响庄稼生长，人们多半睁只眼，闭只眼。

除了草，还有花。在故乡，我喜爱的野花是一种淡淡的，像喇叭似的花，我们叫它打碗花。它的花多是白色和淡红色。可是，一旦它和牵牛花长在一起，我就分辨不出了。记得郁达夫在《故都的秋》里，给牵牛花分了境界，但是故乡的打碗花，似乎热闹一些。与郁先生的清相距甚远。但这花，正符合我的文字：野而繁茂。

二　与中药有关的草

在故乡，有些草是不祥的。譬如猫猫眼，它学名叫泽漆，就像一个人有大小名一样。它蜗居在土地上，这种草，叶子不大，但毒性不小。在平原上，这种草是孤独的。它的邻居都是人类的宠臣，而它却被打入冷宫。如果不小心用手摸了它，且用这手揉了眼睛，毫无疑问，第二天你就会出洋相，眼肿得让脸变了形状。尽管如此，我们还是会小心翼翼地去割它，把它堆在一起，拉进村里老中医的家里，去换一些油盐钱。

草，和中医关系甚大。中医里有很多草，都是故乡常见的。扁蓄，听名字，让我想起神医扁鹊。这种草，敢用神医的姓，是不是很牛？牛，要靠实力，它能利尿，能治疗黄疸。同样是利尿，还有一种草，叫车前子，也叫车前草。在故乡，车前子不受人待见，只有我村的中医喜欢。他说，这草里有故事，主角叫霍去病。我很感兴趣，催他讲下去。他说霍去病出征，人都渴得尿不出，可是马却没事，最后一看，马正吃前面的草，因此把这车前的草，叫车前子，一直叫到现在。

治病的草在故乡很多。譬如婆婆纳，叶子小，开蓝色的花，不大，一看就小家子气，但它补肾壮阳。怪不得小时候，常见我村的二狗用这草熬药喝。村里人见他，常常取笑，但是我不懂，在这里，我找到了笑他的根源。

地锦草，很漂亮，小叶，红颈，像个隐士，隐居草丛里，沉默不语，在土地上枯荣。但是，每年当我痢疾时，母亲就用这草给我熬药喝。草，很安静地长着，但是肚子里，却有大学问。腹有诗书气自华，它一出口，就是救命的箴言。

地黄，是一种善良的草，它像一个邻家女孩，文静漂亮。它的花如灯笼，模样或似倒悬的钟。红紫色的花，很漂亮。地黄，在故乡， 享受着崇拜。如若治病，地黄需研磨成药，它比婆婆纳更受欢迎。

草与女人，似乎联系更紧密些。女人剜野菜，比男人更在行。但是，草不记她们的恶，仍用一腔慈悲回报。麦瓶草和王不留行，都是专治妇科病的草，女人如果月经不调，就会想起这些草。麦瓶草，又叫净瓶，听名字好似传说中观世音的净水瓶，润泽万物。而王不留行，名字怪怪的，但是女人产后不下奶，急坏了家里人，一些上了岁数的老人便急忙跑到地里，剜些王不留行来，煎水，服下。

有一种草，叫曼陀罗，听名字，像印度的移民。这草叶大，果实刺球状，人不敢碰，扎手，长着长着，就炸裂了，仿若一个脾气火爆的男人，突然就发怒了。这草，和一个神医有关。此人是三国的华佗，他用曼陀罗提炼出麻沸散，从此，中国的外科医术也进步了许多。

三　与食用有关的草

在故乡，"吃"是一个崇高的词。

河南，是苦难之地，吃就是活命。在故乡，女人掌握着灶台的大权。她们喜欢剜野菜、吃野菜。也许，我自小出野里，不是一个五谷不分的人，但是野菜，我仍然难以辨别它们。

在故乡，有一种草叫灰灰菜，叶子泛白，可以入食，但是这种草，我一直把它和绿苋菜混为一谈。后来，才知道绿苋菜叶大，且肥厚，是上佳的野菜。还有一种野菜，和绿苋菜很相似，个头、形状，几乎无甚差异，只是它的叶子泛红，后来我才知道它叫凹头苋。这两种野菜，用热水焯后，放上盐、酱油，凉拌，味道很佳。

虽说都是苋类，但有一种草和它们不同，它不能吃，它叫铁苋，故乡叫它血布袋棵。如手被划伤，摘一片铁苋的叶子，揉揉，放在流血处，很快就止住了血。

在故乡，吃得最多的是马齿苋，这种野菜，虽然有些酸意，但是叶肥厚，吃着过瘾。它有九条命，是植物中的猫，晒不死，即使奄奄一息，只要见一滴雨水，马上复活。后来才知道，这野草与神仙有关，后羿射日，仅剩的一个太阳就躲在马齿苋下，它因救驾有功，封了功勋。

故乡有一种野菜，叫扫帚苗，身体庞大，是野草中的巨人。幼苗可食，锅蒸凉拌俱可。老了以后，也非无用之物，用铁丝扎捆，便是一把好扫帚，庭院无尘杂，多靠它。它的果实，叫地肤子，多好听的名字啊！一听名字就具有仙气，似乎和《西游记》里的镇元子是一个级别。

落葵，这名字好听。我喜欢吃它，故乡叫它木耳菜，叶厚且筋，炒菜很好吃。它果实紫色，和龙葵的果实相似，只是比龙葵的果实大一些。在豫东平原，要说龙葵，可能有人不懂是何方神圣，如果说甜蜜豆，多半有人流口水，那果实，怎一个甜字了得。

说起果实能吃的，还有一种草。你看，这土地上，隐藏着酸浆，它也叫灯笼草，默默无闻，像平头百姓。它果实淡黄，入口，是那种酸酸的感觉。在故乡，野果甚少，见到这酸浆，足以让人兴奋。

我喜欢苘麻，它的叶子阔大，母亲常用它包住酵头，放在南墙上晒着。它的果实，像一朵闭合的莲花，紧紧抱在一起。籽是白色的，可以吃，等到籽变成黑色，说明它已人老珠黄。

有一种很耀眼的草，和草莓一样，叶子、果实都很相似，故乡叫它蛇莓。它果实红彤彤的，多像一个烈焰红唇的女子，在百草之中诱惑着人。它是否能吃，我不知道，也不敢尝，据说能吃，有消肿解毒的功效。

在故乡，人们总是怕一些色彩鲜艳的东西，如蘑菇，颜色鲜艳，多半是有毒。对于蛇莓，没人敢学神农氏去尝尝它。

写到这，故乡顿时清晰起来。

仿若野草，在我的记忆里，就这样蓬勃地长着，野火烧不尽，春风吹又生。

风物记

曹文生

桑葚：一条线索

与这个词，颇有缘分。

在乡村，桑葚甚多。每年的六月，桑葚就会红成一片。

那时，尚不知桑葚之名，只知道它好吃，酸甜可口，且不要花钱，满树都是，只需摘取即可。

记得小学时，在语文课堂上，学到鲁迅先生的《从百草园到三味书屋》，遇到

“桑葚”一词，不甚理解。回家问祖父，何为桑葚，祖父笑了，一指院外那一片红，我也笑了。

这树，原来叫桑葚，我们一直馋它的果实，而不去关心其名字，内心感觉有些羞愧。后来在《诗经》里，见到偷嘴的斑鸠，落在桑葚树上。“偷嘴”一词，听起来不太文雅，但偷嘴的事物太多。在桑葚的面前，人尚且攀枝摘果，何况这些没经过教化的鸟呢?

在锦州，见过桑葚，一树星星点点的红，甚是可爱。也摘果实。在那时，我爱好校园里的桑葚和山楂。

后来，远走陕北，定居洛川一隅，幸喜的是，有一棵桑葚树，长在校园一角。

这里少有人至，左边是废弃的楼，右边是坍塌的厕所，只有飞鸟偶尔到访，实则是惦记那一口美味。

有一次，与一同事说起这棵桑葚，他竟然不知，可见人皆匆匆，而无兴致去叩问一棵树。它有些冷清，往深一点说，是有些孤独。

一棵树，不招摇过市，也是好的。但是，一棵树，长在这里，无人问津，也是一种不幸。

我有些担忧它的命运了。它的邻居，前面是一棵毛桃，味道鲜美，我们曾用于果腹，后来由于无甚大用，被砍掉了；它的后面，是四株器宇轩昂的水杉树，由于物种稀少，一直是人心头的宝贝。

再说，学校要翻修这废弃的楼房，这棵桑葚树，多半是保不住了。

一棵树的命运，似乎不在自己的手里，这让我想起故乡一些往事。

那年，桑葚红了。

一个姑娘，挎个篮子，在我家门外，摘取桑葚。喜欢恶作剧的我一吹口哨，一条狗冲门而出，把她吓得扔了篮子，桑葚丢了一地。那时的我，自鸣得意，把一个姑娘的胆怯和一树桑葚绑在一起。

三天后，村西传来噩耗，这姑娘的奶奶走了。原来那天摘取的桑葚，是一个老人生前的最后一个愿望。我却让她遗憾离开。后来，我每次见她时，都红着脸，那种羞愧的颜色，多像一篮熟透的桑葚。再后来，她去了郑州，我去了陕北，再无交集。

从此，我对桑葚，很敏感。

我觉得桑葚是我一辈子迈不过去的坎，每次和它邂逅，我都会想起那姑娘和那条叫大黄的狗。

姑娘走了，大黄也没逃脱厄运，它的骨头，就埋在桑葚树下，只是它的皮，做成了爷爷的皮袄。

我与桑葚，虽渐行渐远。但是，命里总有一棵桑葚树，仍在我梦里活着，一树紫红。

枸桃树：见证童年

它能出现在我的文字里，也是机缘。

说来惭愧，我忘记那些树很久，在乡下，也很少有人知道它的名字。

昨天，翻看微信朋友圈，看到一朋友分享一种果实，一看，这果实是故友。这果实，顿时激活了我的世界。从朋友的文字里，我才知道，它叫枸桃子。

这树，我村没有，可是在我外公的村子里，有两棵。一棵在村东，细小柔弱；另一棵在村北的河旁，高大旺盛。可见，这树乃自然所生，一些种子顺风落下，便有了构桃。

村东这棵树，长在外公家的麦田里，外公干活，我就在树下偷看它。

也许，一个人对于一棵树的认知，不是天生的，而是后天逐渐形成的。我眼中的构桃，从青色的圆球开始，而后炸开，成了红色的果实，完成一次惊艳的转变。闲下来的时候，村里一些人，便会在树下休息，摆龙门阵，但他们很少讨论这树。我记得有一次说起这树，那是一个孕妇，说她夜里梦见了构桃，让大伙给她解梦。外婆说这是生儿子的预兆。

在乡下，“生儿子”向来是大词。

即使到现在，宗族观念仍未从生活里完全消失，虽然淡化了一些，但人们对于传宗接代的偏见，仍很明显。

那时，总有一个“二狗”的名字，从村里人的嘴里蹦出来。

在他们的心里，二狗是可笑的，人们总是戏谑他说：“二狗，构桃好吃吗？”

这些人，背着二狗说，这家伙把构桃当饭吃，也不嫌丢人。当时我不懂，吃这果实有什么丢人的，后来才知道，这东西是一味中药。二狗有前列腺疾病的消息，多半是从村里郎中那里传出来的，那里是消息集结地，许多私人的秘密，都从那里流出。

村北的那棵树，是孩子集会的地方。

河流清澈，水草丰茂。

那些年，黄河一到夏季，就会开闸放水。中原的河系，多半与黄河有关，一夜间，河流就满了，并且河里有鱼。许多人眼红了，一张网，要了许多鱼的命。

许多人，被热逼到河流里。他们把衣服扔在构桃树下，一个人， 顺着河流奔跑。有时候，也会追逐鲤鱼。

我是客人，不敢下水，怕外公骂我，只能在树下，看他们游泳，看树上红彤彤的构桃果。

河流，也非总是清澈透明，有时候，河流是黑色的。那时人的意识里，还无城市排放污水的观念，不知道城市总是将它生产的剩余物排入这乡下。水虽黑，且微臭，但天太热，一些人仍跳下水避暑。

在乡下，也有我们担心的事情。

黑水里，总有一种寄生虫，我们叫蚂鳖，据说这虫吸人血。

夜晚，外公说在他们村，一个健硕的青年在河里洗澡，身体内钻进一只蚂鳖，最后血尽而亡。

我不知道这话语里，恐吓的成分多，还是真实的成分多。

我的玩伴，总是躲着大人，偷偷摸摸地下水，把大人的警告放在脑后。

我见识过一次蚂鳖，趴在二蛋的背上，同行的小伙伴用鞋底拼命扇打，据说唯有如此，才能把它从肉里赶出来。后来终于打掉了，我们一心的恐惧也消散了。从此之后，他们再也没下过水。

那么，不下水的我们就开始上树，在树上捉迷藏，总之，顽皮到了极点。

看见果实红了，便往嘴里塞。

那味道，很棒。

如今，我再也没有吃过枸桃，它离开我，已经有三十年之久，我不知道，是不是还有机缘再吃一次。

一个人，念叨枸桃。

不知，在远方，是否有构桃树，也像我念叨它一样，念叨着当初那个欣赏它的孩子。

无花果：我的忏悔录

这种树，在乡下颇多。

乡下人过日子，总是细微到了极致，一点也不让它浪费。

果树、蔬菜，会在院子里占据半壁江山。果树，多由结果多少决定存活长短。

无花果、石榴、柿子树，是乡下最常见的三种树。石榴树，留给中秋节，饱满的石榴，会在这一天打开中秋之门。而柿子树则要更晚一点。

只有无花果，省略花期，过早地成熟，让缺衣少穿的乡下人，过早地享受着一种味觉盛宴。

我家有两棵无花果，距离甚远，一棵在窗下，结果很多，另一棵在厕所边，不见果。至今也搞不清楚什么原因，莫非是一雌一雄吗?

这两棵树，很是孤独。

想起无花果，我便想起了骡子。无花果和家畜中的骡子相似，都是奇怪之物。骡子，本身不繁殖，靠驴和马；这无花果，也是果中怪物，不开花，却硕果累累。

我不通树语，不知道无花果是否受树同仁的嘲笑。如果树和人一个德行，这无花果多半会受凌辱。我想，这可能是我的多虑，树肯定比人干净，比人厚道。

无花果，结果早，基本在六月，有些就熟透了。我喜欢吃无花果，甜甜的，许多细小的籽，在嘴里含着。

小时候，我就馋无花果。

记得有一次，我趁父母不在家，一个人偷吃它。下面枝条上的果，早就被我吃完了，我的眼睛，一次次被抬高，就站在凳子上，摘最高处的果实，一不小心，摔了下来。

腿，骨折了。父母本想狠狠揍我一顿，让我长点记性，可一看我的腿被石膏固定的样子，顿时只有心疼的份。

后来，这棵树不见了。

父亲砍它的时候，我没在家。父亲一肚子气没地方撒，抡起斧头，一阵风似的砍倒了它。母亲也赞同砍了它，本来养这棵树，是母亲的私心。

这私心里，有母亲对外公的孝顺。外公有痔疮，听说这无花果治痔疮，母亲才从别人家移栽过来。外公没吃上无花果，我竟然受伤了。

也许，我对无花果，也有一种恐惧，这恐惧是一个人内心的羞愧。

对一棵树的羞愧是，因我，它被斧头扼杀。对母亲的羞愧是，因我，她一片苦心付诸东流。

以后，每当我看见另一棵不结果的无花果，我便想起被砍倒那棵树来。

这无花果，成了我的一块心病。

去年，外公去世。

我每次去上坟，总觉得有一双眼睛盯着我。这是我内心深处的魔。

后来，母亲替我在外公的坟前移栽了一棵无花果，我才稍感安心。在故乡，有一座另类的坟茔，别人栽松柏，而它的旁边，是一棵枝繁叶茂的无花果。

每次返回故乡，总去看一看无花果又长高了多少。它一点点抽芽，一点点结果，又一点点凋零。

一棵无花果树，替我守坟。

每至新年，初三，上坟。也许，每年一次的上坟、烧纸，是一种习惯，一种为逝者默哀的习惯。

无花果，站在坟前，和青草聊天。

有时候，它站在坟前，替我和外公对话。

伦桑的桥

上架建议： 畅销文学

ISBN 978-7-5630-5944-7

定价：59.80元